KB114171

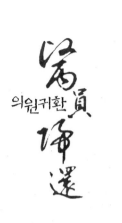

의원귀환 滿員歸還

FANTASTIC ORIENTAL HEROES
성상영 新무협 판타지 소설

의원귀환 5

성상영 新무협 판타지 소설

초판 1쇄 찍은 날 § 2014년 7월 9일
초판 1쇄 펴낸 날 § 2014년 7월 16일

지은이 § 성상영
펴낸이 § 서경석

편집부장 § 권태완
편집책임 § 박가연

펴낸곳 § 도서출판 청어람
등록번호 § 제387-1999-000006호
등록일자 § 1999. 5. 31
어람번호 § 제2-2513호

주소 § 경기도 부천시 원미구 부일로 483번길 40 서경B/D 3F (우) 420-822
전화 § 032-656-4452 팩스 § 032-656-4453
http://www.chungeoram.com
E-mail § chungeorambook@daum.net

ISBN 979-11-316-9096-3 04810
ISBN 979-11-5681-904-2 (세트)

성상영 新무협 판타지 소설

5

의원귀환

滿貞揮選

FANTASTIC ORIENTAL HEROES

도서출판 청어람

第一章

구름은 바람 따라 간다

구름이 흐르는 것을 보노라면,
내 인생 역시 구름처럼
변화무쌍하다는 생각이 종종 든다.

어떤 이의 마음

의원귀환

사람이 사람을 측은히 여기는 마음이야말로 사람이 선하게 태어났기 때문이라고 누군가가 주장했다.

　하지만 측은지심이라는 것을 가지지 않은 이도 많다.

　그렇다면 사람은 반드시 선하게 태어난다고 할 수 없지 않을까?

　장호는 그런 생각을 하면서 눈앞의 운기조식을 하는 중년인을 바라보았다.

　공손무위.

　주화영을 지키기 위한 호위로 보이는 이.

황족인 주화영이기에 그만큼 강한 호위무사가 곁에 있는 것은 이상한 일이 아니다.

그러나 장호는 전생에 그의 이름을 들어본 바가 없었다.

장호는 아마도 그가 전면에 드러난 자가 아니거나 어제 죽었을 것이라고 추측했다.

진실의 방향이 어느 쪽일지는 장호도 알 수 없으나, 여하튼 그는 절대강자이다.

화경에 이른 이는 이미 범인을 초월한 존재이니까.

초절정의 고수 열 명이 덤벼들어도 화경에 이른 이를 이길 수가 없다.

저번에는 상당히 운이 좋았을 뿐이다.

그 검은 가죽 장화를 신은 이가 공손무위과 싸워 내력을 소모하고 상처까지 입은 상태였기 때문에 물리칠 수 있었다.

그렇지 않았다면 사내가 장호를 그냥 내버려 두고 후퇴했을 리가 없다.

그만큼 그 사내도 강했다.

그리고 그런 사내와 혈전을 벌이며 결국 살아남은 이 공손무위도 강한 자였다.

물론 검은 가죽 장화의 사내가 떠난 이후에 제대로 된 치료를 하지 못했다면 공손무위는 죽거나 폐인이 되었을 터이다.

장호가 있었기에 상처를 치료하고 겨우 오 일 만에 저만큼 회복할 수 있었던 것.

운기조식을 하며 내상을 다스리고 있는 그는 부상을 입기 전의 약 팔 할 정도의 힘을 회복한 상태였다.

아직 상한 내장이 다 아문 것은 아니지만, 무리하지만 않으면 출혈이 일어나지 않고 내력도 꽤나 자유자재로 쓸 수 있을 것이다.

전부 장호의 공이다.

비전의 단약을 먹이고, 침술을 행하고, 뜸을 사용했으며, 추나술을 통해 회복시켰다.

실로 신의라고 불릴 만한 의술이다.

게다가 거기에 더해서 선천의선강기를 사용한 기공치료를 병행했으니 이렇게 빠르게 나은 것이다.

선천의선강기는 원접심공보다도 더 순수한 진기다.

상대를 해하고자 한다면 무서운 흉기로 변하지만 상대를 치료하고자 하면 다시없는 명약으로 변화한다.

이 모든 것이 있기에 공손무위가 이만큼 치료가 된 것이다.

여기서 이틀 정도를 더 머무른다면 완치도 가능할 정도였다.

그러나 장호는 굳이 그렇게까지 해주고 싶지는 않았다.

그들을 구한 것은 황밀교에 타격을 입히고 싶기 때문이었고, 이대로 내버려 두어 다시금 황밀교와 충돌하는 것도 좋다고 생각했기 때문이다.

황녀로 보이는 주화영과 친하게 지낼 필요도, 이유도, 감정도 없었다.

스윽.

공손무위가 운기조식을 끝내고 두 눈을 뜬다.

번쩍하고 강렬한 신광(神光)이 두 눈에서 뿜어져 나와 사방을 압도하였다.

이것이 화경의 위엄인가?

장호는 그리 생각하면서 공손무위을 바라보았다.

운기조식 중에 타격을 입으면 최소 주화입마를 당하고 심하면 목숨을 잃는다.

그럼에도 공손무위가 장호를 앞에 두고 운기조식을 하는 것은 그만큼 장호를 신뢰하고 있다는 증거였다.

"어떠십니까?"

"장 의원의 말대로요. 팔 할 정도는 회복됐소."

"다행스러운 일이군요. 내상의 회복에 진전은 있습니까?"

"내상의 치료가 이리 쉽게 될 줄은 몰랐소. 어의도 이렇게 치료하지는 못할 거요."

"과찬이십니다. 제가 기공치료에 재주가 있어 그런 것이니 괘념치 마십시오."

"그럴 수 있을 리가 없소. 장 의원 그대는 본인의 목숨뿐만 아니라 대명천하의 주인이신 황제 폐하의 따님을 구한 것이오. 이에 합당한 보상이 있을 것은 당연하지 않소."

"보상은 좋습니다만 적의 이목을 끌까 두렵습니다. 그러니 다시 말씀드리지만 이 일은 알리지 않아주셨으면 좋겠습니다."

장호는 이 이야기를 벌써 네 번째 하는 중이다.

공손무위는 장호를 황궁으로 끌어들이고자 하였고, 장호는 거절하였기 때문이다.

공손무위의 의술은 확실히 황궁 어의의 수준에 이르렀다.

게다가 선천의선강기를 사용한 기공치료술까지 포함하면 어떤 부분에서는 황궁 어의를 능가하기도 했다.

지금의 내상 치료가 그러하다.

강기가 내장에 틀어박히고 내장이 찢겨 나갔다.

보통이라면 즉사는 무리더라도 며칠 만에 죽었어야 정상이다.

애초에 찢겨진 내장을 어떻게 치료한단 말인가?

그러나 장호는 해냈다.

조각나 버린 내장을 이어 붙이고, 그 안의 더러운 오물을 전부 빗물로 씻어 없앴다.

그리고 선천의선강기를 불어 넣어 상처를 아물게 하여 완전하게 들러붙게 만든 것이다.

실로 장호가 아니면 할 수 없는 일이었다.

그런 신기에 가까운 의술을 접한 공손무위는 장호라는 인재가 탐이 났다.

주화영을 모시는 공손무위으로서는 이러한 인재가 자신과 같이했으면 좋겠다고 생각하는 것도 무리는 아니리라.

하지만 장호로서는 탐탁지 않은 제안이다.

만약 스승님인 진서를 만나지 않았다면, 혹은 의선문을 다시 세우지 않은 때라면 꽤나 좋은 제안이었을 터다.

그러나 지금은 의선문을 개파했고, 선문의방을 운영하며, 막대한 돈을 벌어 삼만여 명에 달하는 농민까지 고용한 상태이다.

이미 지방의 토호가 되어 있고, 제법 강한 세력을 구축한 장호가 황궁으로 들어간다는 것은 그리 큰 득이 없었다.

아니, 득보다 실이 더 많을 터이다. 그러니 장호는 난색을 표할 수밖에 없었다.

"장 의원은… 냉정하구려."

"환자의 생사는 무심한 마음으로만 제대로 판별할 수 있습니다. 환자의 수는 많고 살릴 수 있는 사람의 수는 제한되어 있으니까요."

장호의 말에 공손무위는 더 이상 말을 꺼내지 않았다. 장호의 단호한 의지에 넘어오지 않을 거라는 것을 알게 된 탓이다.

"괜찮아?"

"예, 전하. 소신의 몸은 이제 거의 다 나았습니다."

옆에 앉아서 장호와 공손무위의 문답을 지켜보던 무표정한 소녀가 불쑥 던진 질문에 중년의 검사는 예의 바르게 대답하였다.

"아가씨라고 불러."

"예, 아가씨."

"장호."

"예, 전하."

"너는 소저라 불러."

"그러지요, 화 소저."

공손무위는 장호에게 자신의 신분과 주화영의 신분을 모두 알렸다.

장호의 협력을 이끌어내기 위함이었다. 그러나 장호의 거절로 실패하였다.

그렇다 할지라도 황녀의 안전은 중요한 것이라 미리 서로의 칭호에 대해서 이야기한 바가 있었다.

주화영은 그 점을 지적한 것이다.

주화영의 대외적인 이름은 화영영. 그러니 화 소저라고 부르는 것이 맞는 것이다.

"이제 움직여도 돼?"

"완치는 아니지만 문제는 없습니다, 아가씨. 게다가 습격자들도 물러갔으니 이제 위기는 없습니다."

공손무위가 한 말의 의미를 장호는 잘 안다.

주화영을 원거리 경호하기 위한 동창이나 금의위의 인물들이 움직이고 있으리라는 것.

황밀교의 습격자들이 그들을 막고 있겠지만 저쪽은 수가 많다.

오랜 시간 막을 수 없을 것이고, 애초에 장호가 끼어든 그 시점에서 그들의 임무는 실패한 것이나 다름없다.

도리어 퇴각하기 위해서 여러 가지 힘든 상황을 보내고 있을 터.

습격이 있은 후 오 일간이나 아무도 접근하지 않는다는 것은 그런 이유일 터다.

반대로 얼마 후면 동창이든 금의위든 접촉해 올 것이다.

"그럼 이동해."

"예, 아가씨."

"날이 밝기도 했으니 지금 이동해도 문제는 없을 겁니다. 어제 비가 그치기도 했으니까요. 동행을 하지 않으실 거라면 그냥 가셔도 됩니다만, 혹 동행하실 생각이시라면 조금 기다려 주시겠습니까? 천막을 걷어야 하거든요."

"그렇게 해."

"예. 그러면 잠시만 기다려 주시지요, 화 소저."

"응."

그녀는 단답형으로 짧게 대답했고, 장호는 자리에서 일어나 천막을 해체하기 시작했다.

공손무위는 그런 장호를 물끄러미 바라보다가, 힐끔 자신이 호위하는 주화영을 바라보았다.

그의 노회한 표정에는 아주 잠깐 걱정이라는 감정이 일어났다가 사라졌다.

*　　　*　　　*

"도움을 주어 감사하네."

"아닙니다. 우연이었을 뿐이니까요."

"그렇다 할지라도 은혜가 아니라고 할 수는 없지. 태원 선문의방이라고 했던가? 보상이 내려갈 터이니 기대하고 있게."

"그럼 몸 보중하시기를."

장호는 포권을 해 보였고, 공손무위도 같이 포권을 해 보였다.

그리고서 그는 소녀 주화영과 함께 일단의 무리를 향해 걸음을 옮겼다.

동창의 무리다.

동창은 전원이 환관으로 이루어진 조직이기 때문에 동창의 무리는 대부분이 보통의 남자와는 다른 외관을 가졌다.

남성을 잃어 생기는 변화이기 때문에 그것은 어쩔 수 없는 일이라는 것을 장호는 잘 안다.

의원인 장호가 그에 대해서 모른다면 돌팔이라는 소리밖에 더 듣겠는가?

여하튼 동창의 무리와 합류한 공손무위과 주화영을 바라보던 장호 역시 몸을 돌려 말을 달리기 시작했다.

우연한 기회에 돕게 되었지만, 이것으로 충분히 미래를 바꿀 수 있다.

아니, 이미 미래는 바뀌었다.

선문의방이 자리하고, 의선문이 생겼으며, 금련표국은 결국 건재하다.

게다가 장호는 주화영을 보면서 한 가지 강한 예감을 느낄 수 있었다.

그들 황밀교가 이렇게 큰 분탕질을 친 것은 분명 주화영을 포획하기 위해서였으리라.

화경에 이른 이가 나설 정도라는 것이 그 증거다.

그가 진즉 나섰다면 금련표국주 번청산이 살아남았을 리

가 없으며, 소림에서 파견 나온 무승들이 살아남았을 리도 없다.

그런데 그는 여기에서 주화영을 추격하지 않았던가?

무슨 운명의 장난인지는 모르겠지만 장호가 없었다면 공손무위는 그 자리에서 죽임을 당하고 주화영은 그들의 손아귀에 들어갔으리라.

이건 미래의 어떤 것과 연관이 있을까?

"참 모르겠군. 그렇지 않느냐?"

푸르르릉!

애마 거룡은 주인의 질문에 숨소리만 거칠게 내었다.

"그래, 달려보자꾸나. 이랴!"

두두두두두!

거룡이 힘차게 달려나가기 시작했다.

한참을 달렸을까.

장호는 넓은 들판으로 나왔다.

들판을 한참이나 내달리던 장호는 거룡이 지쳤음을 알고는 속도를 줄였다.

그리고는 하늘을 보고 적당히 야영 준비를 하기로 했다.

그렇게 들판을 내달리기를 이틀여.

장호는 저 멀리에 있는 태원을 발견했다.

"방주님께서 귀환하셨다!"

"방주님, 어서 오십시오. 일은 잘 해결되셨는지요?"

총관 유병건.

그가 나와서는 장호를 맞이해 주었다.

"일은 잘 해결했습니다. 의방에는 별일 없었나요?"

"예, 아무런 문제가 없습니다. 방주님께서 지시하신 일 모두 차질 없이 진행 중이지요. 빈민들도 이주를 끝마쳤고, 농사를 시작했습니다. 그들이 당장 올해 먹을 식량도 확보해 두었으며, 저수지를 만들기 위한 공사도 들어갔습니다."

삼만여 명이나 되는 어마어마한 숫자의 빈민이 장호와 계약하였고, 장호의 소작농이 되었다.

물론 장호는 그들을 착취할 생각은 조금도 없다.

그들은 모두 적절한 대가와 보상을 받을 것이며, 그들의 삶을 이어나가게 될 것이다.

그리고 그들을 착취하지 않아도 수가 워낙 많기 때문에 장호는 막대한 이득을 얻을 수가 있었다.

특히 그들 대부분이 재배하는 약초가 그랬다.

장호가 만드는 노강환의 필수 약재를 모조리 재배하기 시작하였던 것이다.

사실 노강환에 들어가는 필수 약재 중 두 가지는 재배가 곤란하지만, 그 외의 재료는 재배할 수 있는 약초이기에 가능한 일이었다.

그럼 재배하지 못하는 약재는 무엇인가?

삼, 녹용.

이 두 가지만은 재배하기가 곤란해서 구입해서 충당하고 있었다.

여하튼 이제 이번 해가 지나고 내년이 되면 장호는 태원에서도 손꼽히는 부호가 되어 있을 것이다.

이유는 별게 아니다.

직접 약재를 생산하고, 그를 통해서 단약이나 환약, 혹은 가루약을 만들어 판다면 어찌 되겠는가?

물론 장호는 백성을 구휼하고자 하는 의미로 다른 의원과는 차원을 달리하는 저렴한 가격에 약을 팔고 치료를 해준다.

그러나 박리다매는 괜한 말이 아니다.

장호가 태원 전체 인구의 의료를 담당하자 무척 저렴한 가격임에도 흑자가 나오고, 수익도 어마어마하게 증대되었던 것.

여기에 약재 생산까지 본격적으로 하게 되면 이익률이 최소 사 할은 더 올라가게 될 것이라는 것이 바로 유병건 총관의 예상이다.

그리고 그 예상은 틀리지 않았다.

장호는 그렇게 벌어들인 돈으로 다시금 농토를 살 예정이다.

내년에는 태원 인근의 땅을 또다시 다수 사들이게 될 터이다.

게다가 장호에게는 노강환이 있다.

부작용도 없고 효과가 엄청난 기적의 정력제다.

부호들은 이제 금자로 한 알에 백 냥을 내놓으라고 해도 사갈 기세였고, 지금도 없어서 못 파는 그런 물건이다.

"그쪽은 맡기겠습니다, 유 총관. 대략적인 계획과 거시적인 방향은 그대도 알고 있으니까."

"맡겨주십시오, 방주님."

"좋습니다. 지금 강호의 기류가 심상치가 않다는 것은 알고 있겠죠?"

"물론입니다. 그래서 방주님께서 본 문의 정예와 함께 흑피문을 처리하신 것 아닙니까?"

"그것은 강호에 일어나는 일의 곁가지에 불과하기 때문에 문제요."

장호와 유병건은 걸음을 옮겨 결국 회의실에 도착했다.

안에 들어선 둘이 각기 사리에 앉자 하녀가 차를 내왔다.

"금련표국주 번청산 대협을 치료하고 왔습니다만… 앞으

로 금련표국의 세력은 과거보다 약화될 겁니다."

"그렇게나……."

"소림의 무승 세 명 중 두 명이 사망하였고, 금련표국의 표사 절반은 생사를 알 수 없는 상황. 이 산서성은 지금 혼란의 중심지요."

"으으음."

"본 문의 전력을 빠르게 증대시켜 놓아 당분간은 안심이지만, 다른 세력이 들어오지 않는다는 보장은 없다는 걸 아시지요?"

"예. 당장 서쪽에는 화산파와 종남파가 있지 않습니까? 동쪽에는 하북팽가, 진주언가가 있지요."

서쪽은 섬서성, 동쪽은 하북성이다.

산서성의 서쪽과 동쪽에 각각 자리한 지역으로 섬서성에는 화산파가 득세하고 있고, 하북성에는 하북팽가가 득세하고 있다.

그뿐이 아니다.

산서성의 남쪽인 하남에는 소림사가 있다.

소림사의 경우에는 속세의 일에 적극적으로 나서지 않는 경향이 있지만, 소림사에서 파견한 무승 중에서 두 명이 살해당한 것은 보통 일이 아니다.

그들이 나서면 산서성의 판도는 급히 뒤집혀진다.

"소림사는 문제가 아닙니다. 하지만……."

"방주께서 걱정하시는 것은 화산파와 하북팽가이시겠지요?"

"그뿐이 아닙니다. 진주언가와 종남파가 나설 수도 있지 않습니까? 종남파는 말석이기는 하나 구파일방이라 불리우는 명문대파. 그리고 진주언가는 칠대세가의 말석에 위치한 가문이죠."

무당파, 화산파, 곤륜파, 아미파, 청성파, 점창파, 종남파, 공동파, 소림사, 개방.

이들을 묶어 구파일방이라고 부른다.

소림사가 구파에 끼어 있는 것은 조금 이상한 일이지만, 여하튼 이들 열 개의 문파가 바로 정파의 기둥이라고 불리는 구파일방이다.

그렇다면 칠대세가는 누구일까?

남궁세가, 모용세가, 황보세가, 하북팽가, 사천당가, 제갈세가, 진주언가.

이들 일곱의 가문이 바로 강호칠대세가라고 불리는 가문이다.

종교의 교리에 기반을 두고 혈연이 아닌 사승 관계에 의해서 유지되는 구파일방과는 다르게 이들 칠대세가는 혈연을 중심으로 뭉쳐진 문파들이다.

이들 칠대세가는 대부분이 명문 가문으로, 강호뿐만 아니라 관부에도 꽤나 강대한 영향력을 행사하고 있다.

이들의 자식들이 관료계와 군부에 진출하여 요직을 차지하고 있기 때문이다.

강호는 이들 구파일방과 칠대세가에 의해서 운영되고 있다고 해도 과언이 아니었다.

물론 이들과 반대되는 세력도 존재한다.

바로 흑사칠문이 그것이다.

흑사칠문은 흑도 사파의 일곱 거대 문파를 지칭하는데, 이들의 세력도 매우 강대해서 능히 하나의 문파가 구파일방이나 칠대세가의 한 문파와 자웅을 겨룰 수 있다고 알려져 있다.

이들 흑사칠문은 황밀교의 난이 일어날 적에 절반 정도가 황밀교에 충성을 맹세하여 그들의 수족이 된 바가 있다.

흑도 사파는 대부분이 이익에 민감하고, 이익 때문에 가족마저 죽이는 악한들이다.

그런 이들이 황밀교에 고개를 숙이고 들어가는 것은 이상한 일이 아니었다.

황밀교는 그만큼 강했으니까.

여하튼 이 산서성의 주변 지역인 섬서성, 하북성, 하남성에는 각각 거물 집단이 존재한다.

그들은 정파이기는 해도 이익 집단이기 때문에 이 산서성의 이권을 노리고 들어올 수도 있었다.

과거였다면 그들이 굳이 산서성에 올 생각은 하지 않았을 것이다.

이 산서성은 다른 지역에 비하여 가난하고 이권의 크기도 작으니까.

게다가 소림사의 속가제자가 운영하는 금련표국이 있기에 딱히 이곳에 진출할 생각을 하지 않았던 것.

하지만 지금은 상황이 몹시 미묘하게 달라졌다.

금련표국은 무너진 상황이고, 또한 여러 이권의 주인이 없어진 상태이다.

산서성이 가난하기는 하지만 광물이 풍부하여 광산이 제법 있다.

사실 이 산서성은 그 광산이 먹여 살린다고 해도 과언이 아닌 지역이기도 했다.

그런데 그런 산서성의 각 이권을 가지고 있던 문파들이 사라졌고, 중소 규모의 산적들도 대거 죽어버렸다.

무주공산이나 다름없는 것이다.

그러니 다른 문파들에서 움직임이 있을 경우 아직 중소 규모에 불과한 의선문으로서는 견디기가 어렵다고 할 수 있었다.

물론 이제는 장호가 초절정의 경지에 올라섰고, 팔십오 년이나 되는 선천의선강기로 이루어진 내력도 지니고 있었다.

때문에 어지간해서는 문제가 될 일은 없다.

사실 같은 초절정고수라고 해도 장호는 적어도 두 명까지는 단신으로 처리할 수 있는 능력이 있기 때문이다.

그것은 오만이라고 볼 수도 있었지만, 장호에게는 너무나도 당연한 사실이기도 했다.

사실 장호는 자존심으로 싸우는 자가 아니다.

대다수의 무인은 명예를 중시하지만, 장호는 그렇지 않기 때문이다.

그런 장호이기에 자신의 능력을 객관적으로 볼 수가 있었다.

우선 팔십오 년의 공력을 축적한 선천의선강기가 있다.

이 선천의선강기는 현재 내단으로 화한 상태다.

초절정의 경지에 오르며 몸속에서 내단이 생성된 순간 장호의 육신은 기본적으로 일반인을 완전히 초월해 버렸다.

탈태환골하고는 다르다. 몸의 기능이 이미 인간을 뛰어넘은 것이다.

예를 들자면, 말은 어떻게 그렇게 빠르고 오래 달릴 수 있을까?

그것은 말이 인간을 능가하는 폐활량과 다리 근육을 가지고 있기 때문이다.

개는 어떤가?

개가 인간보다 더 뛰어난 후각과 청각을 가지고 있다는 것을 의원인 장호는 아주 잘 알고 있다.

이렇듯 여러 짐승은 인간을 능가하는 육체적인 능력을 타고난다.

그리고 지금 장호의 상태도 그와 비슷했다.

장호는 내단이 완성되면서 선천의선강기가 육체에 작용하여 보통 인간을 초월한 신체 능력을 가지게 된 것이다.

말의 폐활량과 곰의 근육, 그리고 개의 후각과 청각, 매의 시각을 가졌다고 해야 할까?

실제로 장호는 현재 평범한 일반인의 열 배에 달하는 능력을 가지고 있다고 해도 될 정도이다.

내력을 쓰지 않고도 간단하게 각목을 맨손으로 부러뜨릴 수 있으며, 사과 같은 과일을 단지 악력만으로 가볍게 으깨어 버릴 수 있다.

아무리 단련한 무인이라고 해도 내력을 쓰지 않고 순수한 근력만으로 이렇게까지 하는 것은 불가능하다.

선천적으로 큰 신장을 타고나 괴력을 가졌다면 모를까.

하지만 장호는 평범해 보이는 외견을 가지고 있음에도 그런 괴력을 비롯한 여러 신체 능력을 가진 셈이다.

천생신력을 타고났으며, 그 괴력을 주무기로 하기 위해서 흑피마공을 익혀 초절정고수와도 일전을 불사할 수 있다는 흑피문주와 힘겨루기를 해도 지지 않을 정도가 되어버렸다.

선천의선강기에 이런 비밀이 있을 줄은 장호도 몰랐었다.

만약 이대로 내공을 이 갑자를 모은다면 어떻게 될까?

"대비를 해야겠군요."

"그들이라고 단번에 이 산서성 전체를 어찌할 수는 없을 테니 시간은 충분한 셈이죠."

"옳으신 말씀입니다, 방주님. 하면……."

"땅을 구입하는 데 총력을 기울여 주세요. 저는 의선문의 문도를 늘이도록 하겠습니다. 그리고 태원 이외의 몇몇 다른 대도시에서도 빈민들을 끌어모아 본 문의 소작농이 되도록 만들어두는 작업도 병행합니다."

"알겠습니다."

그 이후에도 장호는 옷도 갈아입지 않은 채로 유병건과 긴밀하게 의견을 교환하고 명령을 내렸다.

第二章

역시 토대가 튼튼해야지

수신제가치국평천하(修身齊家治國平天下).

이 말은 많은 지도자에게 널리 알려져 있다.

그러나 이 말을 제대로 지키는 지도자는 거의 없다.

역사적 사실

"스승님, 다녀오셨어요."

"오냐."

유병건이 나가고 장호는 자신의 방으로 돌아와 의복을 갈아입고 있었다.

그러고 있자니 제자인 이연과 이진이 찾아왔다.

장호는 재빠르게 의복을 가다듬고 둘을 방 안으로 들이고는 시녀에게는 차를 내오도록 시켰다.

이연과 이진은 불과 일 년 만에 엄청나게 자라 있었다.

유가밀문의 체법 덕분이었다, 고 해야 할까?

이미 이진은 키가 훌쩍 커서 벌써 오 척을 넘은 상태였고, 이연도 이진보다는 작지만 또래의 여자아이들보다는 머리 하나가 더 컸다.

게다가 최근에는 두 명 다 내공수련을 하였기에 제법 성숙해 보이기도 했다.

"내가 없는 동안 별일은 없었지?"

"예. 스승님께선 별다른 일 없으셨나요?"

이연의 질문에 장호는 피식 웃었다.

"일이야 많았다만 나는 별 상처를 입지 않았다. 그러니 걱정 말거라."

실제로 그랬다.

장호는 꽤나 격한 전투를 겪었지만 피부가 조금 긁힌 정도에 불과한 조그마한 상처를 입었을 뿐이다.

게다가 선천의선강기의 내공이 불어남에 따라서 육체의 상처 회복력이 증가한 것인지 그런 자잘한 상처들마저 빠르게 나아 지금은 흔적도 찾을 수 없었다.

여러모로 선천의선강기는 신비로운 내력이었다.

내단을 형성한 지금은 과연 어떤 공능을 보여줄지 기대가 될 정도이다.

어쩌면 의선문의 전설처럼 생육선이 될 수 있을지도 모른다.

신선에는 세 가지가 있다고 하는데,

우화등선을 통해 등천하는 보편적인 의미의 신선이 첫째이며,

시체가 된 상태로 신선이 된다는 시해선이 둘째이고,

육신을 가진 상태로 신선이 된다는 생육선이 셋째이다.

우화등선은 육신을 버리고 영혼의 상태로 불로불사한다는 것으로 알려져 있는데, 이러한 지식도 사실은 고급의 지식이라 도가에서도 극소수만이 알고 있는 정도다.

시해선은 우화등선과 비슷하면서도 조금은 다르다.

우화등선이 육신을 버리고 천상 세계로 등천하는 것이라면, 시해선은 죽은 이후 그간의 수련을 통해 얻은 선공(仙功)에 의해서 신선이 되는 것을 뜻한다.

이때 육신은 분해되어 사라진다고 알려져 있는데, 기실 이 시해선도 육신을 버리고 그 혼백이 신선이 된다는 것에서는 첫째와 결과는 같다고 할 수 있었다.

다만 생육선이 문제이다.

생육선은 육신을 가진 상태로 신선이 되는 것인데, 이러한 존재는 과거에 삼천갑자를 살았다고 전해지는 동방삭 정도이다.

동방삭은 황제를 모시고 이런저런 방문좌도의 술법을 가르치거나 길흉화복을 점쳤다고 하는 사람으로, 일설에 의하

면 이 동방삭은 서왕모의 반도 복숭아를 훔쳐 먹어 생육선이
되었다고 알려져 있다.

서왕모는 옥황상제의 부인으로 천상 세계에서 반도원이라
는 복숭아나무를 기르는 과수원을 하나 가지고 있다는 전설
이 있다.

그 반도원의 반도 복숭아를 먹으면 수명이 천 년이 늘어난
다고 하던가?

동방삭은 그런 반도 복숭아를 엄청나게 훔쳐 먹어 삼천갑
자를 살았다는 게 바로 이 허황된 이야기의 요체였다.

어쩌면 그 반도 복숭아라는 것이 전설의 금단일 수도 있지
만 말이다.

여하튼 현재 장호는 팔십오 년에 달하는 선천의선강기를
가졌다.

또한 그 내공이 내단을 형성한 지금, 장호는 의선문의 전설
이 사실일지도 모른다는 생각을 하고 있었다.

"가셨던 일은 잘되셨나요?"

"잘되었지. 예상치 못한 성과가 있었단다."

"다행이네요."

"다행이고말고."

장호는 그 이후에도 두 제자와 이린저런 이야기를 나누다
가 밤이 깊어지자 둘을 돌려보냈다.

　　　　　＊　　　　　＊　　　　　＊

　"본인을 찾으셨다고 들었습니다, 문주."

　칠검도인.

　선외단의 단주로 임명되어 있고, 장호의 휘하 무인 중에서
가장 강한 사람이다.

　나이는 이제 쉰이 넘었으며, 지금에 와서는 상선문의 마지
막 전인이라고 할 수 있었다.

　어찌 보면 상선문의 장문인이라고도 할 수 있는 인물이지
만, 그는 상선문을 되살릴 생각은 그다지 없었다.

　그것에는 이유가 있다.

　칠검도인은 상선문의 십이 대 제자였는데, 그가 나이 스물
이 되었을 즈음 상선문이 폭삭 망해 버렸던 것.

　딱히 외적의 침입을 받아서 망했다거나 한 것도 아니다.

　원인은 상선문주가 셋째 제자인 여도사 이진화와 바람이
난 데 있었다.

　그것을 알게 된 상선문주의 부인이 상선문주를 독살하고
문파의 재산을 몰래 챙기려다가 내분이 일어나고 말았다.

　그 당시 칠검도인은 장문인의 다섯 번째 제자였다.

　막내 제자인 그는 문파에서 일어나는 일에 대해서는 참견

할 수 없었고, 때문에 문파가 붕괴하여 분해되는 과정을 지켜보아야만 했다.

결국 문주의 바람으로 시작된 내분의 결과 상선문은 멸문이라고 부를 정도로 해체되어 버렸다.

그 과정에서 사모와 사형제 간의 아귀다툼으로 서로 죽고 죽이는 일마저 벌어졌다.

그에 염증을 느낀 칠검도인은 그대로 상선문을 떠나고 만 것이다.

이후로 칠검도인은 딱히 상선문을 다시 일으켜 세울 생각도 없이 낭인으로 세상을 떠돌아다니고 있었다.

그런 칠검도인도 이제는 나이가 들었다.

쉰을 넘었다는 것은 이제 노후를 대비하지 않으면 안 되는 나이가 되었다는 것이다.

때문에 의선문에 입문하게 된 것이리라.

장호가 칠검도인과 만난 것은 선외단의 구성 및 선외단의 충성 서약을 받는 자리에서 대면한 이후로 제법 오래간만이다.

칠검도인과 마주한 장호는 새삼 그가 꽤 강한 인물이라는 것을 깨달았다.

장호도 전에는 절정의 경지였지만, 칠검도인에 비하면 조금 손색이 있었다.

물론 지금은 장호의 경지가 더 높아졌다.

칠검도인이 내력 그 자체는 아직 장호보다 많지만 단지 그뿐이다.

"오랜만이군요, 선외단주."

"실로 그렇습니다. 외유에서는 좋은 결과가 있으셨습니까?"

"글쎄요. 목적한 바는 이루었지만… 좋은 결과라고 보아야 할지는 아직 애매하군요."

"아직 문제가 남았나 보군요."

"그런 셈입니다. 금런표국주이신 번 대협이 생존해 계셨고, 그분을 치료하긴 했습니다. 거기까지는 목적한 바를 이룬 것이 되겠죠."

"다른 어떤 이유가 있으시다는 거군요. 혹 세력 다툼을 걱정하십니까? 섬서, 하북, 하남 쪽에서 다른 세력이 들어올 수도 있는 일이니 말입니다."

늙은 생강이 맵다는 말은 괜히 나온 말이 아니었나 보다.

장호와 유병건의 의중을 선외단주인 칠검도인은 정확하게 읽어냈다.

"정확하시군요."

"한번 짐작해 보았을 따름입니다. 본도는 강호를 제법 오래 돌아다녔으니까요. 게다가 종남파와 화산파 둘 다 적극적으로 속세의 이권에 개입하는 문파이니 그런 생각이 들 수밖에요."

"하북팽가와 진주언가는 어떻게 생각하시죠?"

"진주언가는… 적어도 이 산서성에 관심을 두지는 않을 것 같습니다. 그들은 장의사를 업으로 하고 있으니까요."

장의사 일족.

그랬다.

진주언가는 장의업을 전문으로 하는 일족이다.

또한 그들은 강시를 부리기도 하고 강시의 특성을 몸에 익히는 강시공으로도 유명했다.

진주언가는 세력이 크지는 않으나 강인한 일족으로 그들은 적극적으로 이권에 나서지 않는 특이한 행동을 보이기도 했다.

속설에 따르면 장의업은 대대로 혈족 계승을 할 수밖에 없다고 한다.

어떤 영적인 힘이 혈족을 중심으로 계승, 혹은 저주처럼 따라붙는다던가?

확실히 그것은 흔한 이야기이기도 하다.

장의업에 한번 발을 들이면 떠나기 어렵다는 속설이나 미신, 혹은 전설은 많으니까.

진주언가라고 해서 그러지 말란 법은 없다.

그런 그들의 성향상 산서성의 이권에 개입하려고 하지 않을 것이라는 예측은 확실히 옳은 이야기였다.

"하북팽가는 조금 위험합니다. 그들은 호전적이고 또한 관부에 연줄이 많습니다. 이쪽 산서성의 광산을 노리고 올 수도 있지 않겠습니까?"

하북팽가.

오호단문도법이라는 희대의 절학을 가진 도(刀)의 명가이다.

천하제일도라는 명성을 가진 가문이며, 그 무공의 대단함은 다른 가문에 비해 조금도 뒤떨어지지 않는 수준이다.

게다가 이들 하북팽가는 자금성이 위치한 하북성에 자리한 만큼 다른 가문이나 문파에 비해 관부에 더 큰 영향력을 가지고 있다.

또한 그들은 여러 이권에 적극적으로 개입하는 행동으로도 유명했다.

현재 하북성은 하북팽가의 것이나 다름없었고, 그들이 완전 공백이 되어버린 산서성에 진출한다고 해서 이상할 것은 없었다.

"본 문은 광산 쪽과는 별로 연이 없긴 합니다만… 어떤 영향이든 반드시 올 거라고 생각합니다."

칠검도인의 말이 맞다.

사실 의선문은 의방을 기반으로 하고 있기에 그들과 부딪칠 일이 없을 수도 있다.

현재 토지를 늘려 토호가 되기는 했지만, 그것도 의방을 위해서 만든 것에 지나지 않았다.

약재와 식량을 직접 생산하여 보유량을 늘린다는 것이 바로 장호의 계획이 아닌가?

상계나 직접적으로 물건을 생산하는 공업계, 혹은 광산업계에 진출할 생각은 조금도 없었다.

사실 이 산서성에서 최고로 돈이 많이 되는 것은 광산업계이니 어쩌면 하북팽가와 별다른 충돌을 하지 않을 수도 있다.

그러나 그들이 오면 영향이 없을 수는 없다.

그들은 문파이고 무가이다.

의선문이 의가라고는 하지만 문파이며 무가이기도 하다. 그러니 영향을 받지 않을 수 있으랴.

"저도 그렇게 생각합니다. 때문에 대책을 마련하려고 하는 것이죠."

"좋은 고견이 있으십니까?"

"고견이라고 할 것은 없습니다. 숫자를 늘린다, 단지 그뿐이죠."

"숫자라……."

장호의 말에 칠검진인은 주름진 두 눈을 반개하고 생각에 잠긴 듯했다.

"문주님, 찾으셨다고 들었습니다."

그때다.

문밖에서 굵직한 목소리가 들려왔다. 보의단주 사마충이
다.

"들어오세요, 사마 단주."

삐걱.

문이 열리고 사마충이 안으로 들어섰다.

그는 강호인이라기보다는 숙련된 장수와 같은 차림으로
성큼성큼 들어와 포권하며 고개를 숙였다.

"문주님을 뵙습니다. 가셨던 일은 잘 해결되었는지요?"

"잘 해결되었죠. 어쨌든 이리로 앉으세요."

"예, 문주님."

사마충을 자신의 우측에 앉힌 장호는 칠검도인과 사마충
을 번갈아 바라보았다.

"사마 단주는 이야기를 못 들었을 테니 한 번 더 말하죠.
그러니까……."

장호는 금련표국주 번청산이 생존해 있으며, 그를 직접 치
료하여 회생케 했다는 이야기를 하였다.

그것도 사실 놀라운 이야기지만, 소림에서 파견된 세 명의
무승 중 두 명이 사망하였다는 말과 금련표국의 표사 절반 이

상이 사망, 또한 각지의 여러 중소 규모의 문파들이 쓸려 나
갔다는 이야기까지 하였다.

그리고 이어서 장호는 유병건 총관, 그리고 칠검진인과 하
였던 세력의 균형에 대한 이야기까지 쭈욱 늘어놓았다.

"음, 좋지 않은 상황이군요."

사마충은 모든 이야기를 듣고는 눈을 빛냈다.

"혹은 기회라고도 볼 수 있고요."

장호는 그런 사마충에게 간단하게 말하고는 한쪽에 놓인
두루마리를 집어 들어 펼쳤다.

그것은 지도였다.

산서성 전체 지도.

세밀하다고 하기에는 좀 무엇하지만, 그래도 이런 것이라
도 있는 편이 낫다.

여하튼 산서성의 지도를 펼친 장호는 두 사람을 번갈아 본
다음 입을 열었다.

"산서성에는 제법 많은 광산이 있고, 광산들은 주인이 있
습니다. 적어도 특정 문파들이 주인은 아니죠. 보통 상가, 혹
은 토호들이 주인으로 있는데, 그들을 보호하는 대가로 여러
문파가 이 광산의 주인에게 제법 큰돈을 받았습니다. 그리
고… 이 문파 중에서 현재 살아남은 문파는 별로 없죠."

"으음. 산적들에게 쓸린 모양이군요."

"그런 셈입니다. 그리고 금련표국의 전력도 반 이하로 떨어졌기 때문에 현재 산서성은 무림 세력이 거의 없는 지역이 되었습니다. 이 산서성에 들어오리라고 예상되는 문파는 화산파, 종남파, 하북팽가로 거대 문파들이죠. 물론 이들 대부분은 광산의 이권을 노리고 오는 것일 겁니다."

장호는 그렇게 말하고는 지도의 몇 군데에 표시를 했다.

광산과 광산에서 나오는 산물을 처리하기 위해서 모여든 사람들로 번성하고 있는 도시들이다.

"광산 외에도 이권이 될 만한 것이 제법 있긴 하죠. 하지만 어디까지나 일차적 목표는 광산일 터. 그리고 그들이 들어오게 되면 우리에게도 영향이 안 생길 수는 없지 않겠습니까?"

"옳으신 말씀입니다."

"그래서 문제를 해결하고자 두 분을 이리 오시라고 청했습니다."

장호는 거기까지 말하고는 숨을 한 번 고르고 단호하게 말을 이었다.

"전력을 증강해야 합니다. 적어도 일천. 저는 그만큼의 무인이 필요하다고 생각합니다."

일천.

그것은 중소 규모 문파의 한계를 초월한 숫자였다. 그런데 장호가 지금 일천여 명의 무인을 논하고 있다.

현재 의선문에 속한 무인의 수는 약 삼백.

보의단과 선외단을 모두 합한 숫자이다.

그런데 이 세 배에 달하는 숫자를 단번에 모을 수 있을까?

사마충과 칠검도인 둘 다 침묵에 휩싸였다. 너무나도 충격적인 이야기이기 때문이다.

"사마 단주."

"예, 문주님."

"아는 인맥을 총동원해서 낭인을 모두 끌어모으도록 하세요. 그들은 모두 선외단에 속하게 될 겁니다."

"조치를 취하도록 하겠습니다."

"지금 상황은 신경 쓰지 마시고 최대한 사람을 모을 수 있는 방법을 강구해 주시길 바랍니다. 그것은 선외단주도 마찬가지."

"알겠소이다, 문주."

"화산파, 종남파, 하북팽가, 이들 중 하나가 들어와도 문제겠지만, 이들 셋이 전부 동시에 들어올 수도 있습니다. 물론 그들과는 거리가 꽤 되고 그들이 차출할 수 있는 인원에도 한계가 있으니 적어도 내년에나 움직일 터. 그리고 그들이 들어온다고 해도 자리를 잡기 위해서는 꽤나 시간이 걸릴 겁니다."

"이미 자리를 잡은 본 문이 세력을 공고히 한다면 저들에게 큰 영향을 받지 않을 거라는 말씀이십니까?"

사마충의 질문에 장호는 고개를 끄덕였다.

"바로 그거죠."

"알겠습니다. 그렇다면 미리 준비를 시작해야겠군요."

그 이후에도 세 사람은 몇 가지 이야기를 더 나누었다.

그것은 모두 의선문의 세력을 더 강화하기 위한 방책이었다.

＊　　　＊　　　＊

가을이 지나가고 겨울이 왔다.

장호는 수확기에 미리 곡물을 넉넉하게 구입해 두었고, 구입한 곡물은 고용한 삼만여 명의 빈민에게 적절하게 분배하였다.

그들을 위한 집과 마을을 이미 만들어두었기 때문에 그들은 그 집과 마을에서 겨울 내내 장호가 지시한 여러 가지 작업을 하고 있었다.

일단은 농지를 개간하는 일과 저수지를 만들기 위해 땅을 파는 일을 하는 중이었다.

애초에 봄부터는 농사 때문에 바쁘기 때문에 겨울에 이런 일들을 할 수밖에 없었다.

물론 그들이 추위에 떨지 않도록 두툼한 솜옷까지 지급한 상태이기에 조금 고되더라도 무리 없이 작업은 진행되었다.

그 때문일까?

의선문의 문주 장호는 하늘이 내린 신인이라는 소문이 산서성 전역에 널리 퍼졌다.

덕분에 장호의 명성은 하늘 높은 줄 모르고 치솟아 오르고 있는 중이다.

그래서 생긴 별호가 생사의선 장호다.

무척이나 거창한 별호가 붙은 것이다.

장호의 실제 무위는 초절정의 경지지만, 아직 대외적으로는 절정이라는 것을 비추어 볼 때 어마어마하게 거창한 별호라고 할 수 있었다.

대협이라는 소리가 절로 나오는 인물이 되었달까?

그런 장호의 나이가 아직 스물이 안 되었다는 것을 아는 이는 그리 많지 않았다.

여하튼 장호는 그런 명성을 이용해서 세력을 넓히고 있는 중이다.

가장 먼저 한 일은 바로 땅을 확보하는 것이었다.

사실 태원 인근에 있는 황무지의 경우 대개는 땅 주인이 없다.

개간하고 약간의 세금만 내면 자기 땅으로 인정받을 수 있었다.

다수의 우마(牛馬)를 사들이고 추가로 빈민들을 모집한다.

그리고 그들에게 황무지를 개간하도록 하면서 땅을 확보한다.

그것이 바로 장호가 가장 우선한 일이다.

본래 삼만여 명이던 의선문과 계약한 소작농은 겨울이 본격적으로 시작되면서 이천여 명이 더 늘어난 상황이고, 매일 오십여 명에서 백여 명까지 늘어나는 중이다.

겨울은 그만큼 혹독하다.

이 시대에 겨울에 얼어 죽는 이의 수가 한 해에만 십 수만 명에 이를 정도이니 말 다한 셈이 아닐까?

게다가 지금은 정치가 문란하여 나라가 흔들거리는 상황이다.

십 수만 명이, 아니, 수십만 명이 얼어 죽기도 했다.

그런 상황이라 의선문의 소작농이 되겠다고 찾아오는 이가 매일 그렇게 많은 것도 당연한 일이었다.

여하튼 장호는 태원 인근의 황무지를 자신의 땅으로 하여 대규모 농지와 약초밭을 만들어내었다.

그 이후 장호가 한 일은 바로 낭인무사를 다수 모집하는 일이었다.

의선문의 선외단이 차근차근 늘어나는 것이다.

모집 공고문 때문인지 하루에 적게는 열 명, 많게는 서른 명 정도가 의선문을 찾아왔다.

그들은 간단한 시험을 거치고 하오문을 통해서 적절한 뒷

조사를 마치면 이후 선외단에 소속되었다.

그리고 마지막으로 장호는 체계적인 수련법을 공개하여 선외단원의 무공을 높이기 위해서 노력했다.

선외단원 대부분은 이류 이상의 무인이다. 그러나 이번에는 질보다는 양을 우선하기로 했기 때문에 삼류무사라도 받아들이기로 했다.

다만 규율을 철저하게 지켜야만 한다는 조건이 내걸렸다.

규율 중에는 반드시 하루 세 시진 이상 단체 수련을 받는다는 것이 존재했다. 그런 식으로라도 무사들의 수준을 끌어 올리려고 한 것이다.

새로이 선외단원에 들어온 무인들은 오히려 그런 조치를 반겼다.

삼류무사에 불과한 그들이 체계적인 수련을 받을 수 있게 되었기 때문이다.

게다가 의선문은 보수도 후하다.

덕분에 장호는 생각보다도 빠르게 선외단원을 보충할 수가 있었다.

그 수는 무려 천이백여 명.

보의단원을 포함하면 무려 천삼백여 명이나 되는 엄청난 숫자의 무인이 집결하게 된 것이다.

비록 어중이떠중이도 끼어 있는 숫자지만, 이 정도 숫자이면 절대로 쉽게 볼 수가 없다.

중소 규모의 문파 중에서는 최대의 세력인 것이다.

게다가 장호는 보의단에 미리 명령을 해두었다.

이들에게 집단전을 가르치고, 모든 이에게 궁(弓), 창(槍), 방패(防牌)를 익히게 만들라고.

그를 위해서 일전에 사들인 무공도 모두 보급하고 수련케 했다.

집단전을 중시한다.

그것이 바로 의선문의 기본 정신이었다.

당연하지만 집단전을 중시한다고 개인 무위를 무시하는 것은 아니다.

개개인의 무위 역시 중시 여겨 무공의 기본이 되는 내공을 증진시키기 위한 약재와 무공도 전수되었다.

대다수가 실전 무술을 익히고 내공심법은 허접한 것을 익히고 있는 이들이었기 때문에 장호가 전수한 원접심공은 그들에게 가뭄의 단비와도 같았다.

여하튼 겨울이 지나기 전, 그러니까 연말이 다가오는 때에 의선문은 천삼백여 명의 무인을 보유한 산서성 최대의 세력이 되어 있었다.

第三章

관직을 받으라

명제국 시대에는 도찰원이라는 곳이 있었다.
이 기관은 제국 내의 여러 곳을 감찰하는 곳으로,
상당한 권력을 가지고 있었다.
이들은 동창과 대립하는 관계에 있기도 하였는데,
때로는 서로를 암살하기도 했다.

명제국의 역사

"선문의방의 주인인 장호는 나와 대명천자의 어지를 받으
라!"

　그것은 십이월이 거의 지나던 어느 날이었다.

　이제 연말이라서 이래저래 일이 많은 선문의방에 한 떼의
무리가 찾아온 것이다.

　그들은 명제국의 관복을 입었으며, 동시에 상당한 수준의
고수도 섞여 있는 질서정연한 무리였다.

　그들의 면포에는 금의위라는 수가 놓아져 있었다.

　이들이야말로 동창과 함께 명제국의 권력을 양분한다는

황제 직속 무력 조직인 금의위인 것이다.

금의위.

동창.

이 두 집단은 각기 성격이 다르다.

금의위는 대외적인 무력 집단이고 언제든지 군대를 동원할 수 있는 권한이 있었다.

동창은 일종의 첩보기관으로서 부정과 부패를 감독하고 처결하는 자들이었다.

또한 금의위는 여러 가지 시험에 의해서 사람을 뽑지만, 동창은 환관으로만 이루어져 있었다.

그러다 보니 이 두 집단은 황제라는 같은 주인을 모시지만 서로 추구하는 바가 달라 견원지간처럼 으르렁거렸다.

여하튼 금의위에서 갑자기 무슨 일로 온 것일까?

그런 생각을 합면서 장호가 밖으로 나가 어지를 받드는 시늉을 하자, 그들은 장호에게 황제가 관직을 내렸다면서 이런 저런 말을 늘어놓더니 하나의 관모와 임명장, 그리고 증명패를 주고는 가버리는 것이 아닌가?

그렇게 장호가 받게 된 관직은 예상외의 것이었다.

정칠품의 도찰원 감찰어사.

도찰원이란 관리들을 관리 감찰하는 기관을 말한다.

본래는 관리들에 의해서 운영되던 곳으로서 도찰원은 금

의위에 소속되어 있었다.

감찰이라고 하니 동창과 하는 일이 비슷해 보이지만 서로 하는 일은 판이하게 달랐다.

여하튼 도찰원의 권력이라는 것은 무시하기 어려운 것이기도 했다.

감찰어사는 정칠품에 불과하지만, 정오품의 관직까지도 조사하고 엄벌을 내릴 수 있는 권한이 있기 때문이다.

정오품이라면 어느 정도일까?

관리로 치자면 적어도 현령의 위에 있는 지부대인까지는 마음대로 처리할 수 있는 위치라고 할 수 있었다.

지부대인이면 적어도 대도시급의 지방 조직의 수장이니 이는 어마어마한 권력이라고 할 만했다.

기록에 따르면 도찰원에 소속된 감찰어사의 수가 대략 백여 명이라고 하는데, 이들은 천하를 돌아다니면서 감찰을 하고 다녔다고 했다.

물론 지금에 와서는 부패가 넘쳐나는 기관으로 전락한 지 오래이다.

그런데 장호에게 바로 이 도찰원 감찰어사라는 직책이 내려진 것이다.

의아한 것은 본래라면 비밀로 해야 할 직책을 떠들썩하게 내려준 부분이었다.

장호는 이러한 행동이 누군가의 지시라는 것을 알 수 있었다.

바로 공손무위일 것이다.

일전의 구은에 대한 보답이랍시고 권력을 내려준 것.

사실 이런 지방에서 도찰원 감찰어사의 직위라면 앞으로 장호를 건드릴 간 큰 관리는 존재치 않을 것이다.

그 말은 여러 가지 권력에 의한 압력을 없앨 수 있다는 것이다.

아니, 도리어 장호가 패악을 부려도 될 정도.

"스, 스승님, 이제 관리가 되신 거예요?"

"무늬만 관리가 된 게지."

장호는 희미하게 웃었다.

이렇게 떠들썩했으니 황밀교에 이 사실이 알려지는 것도 시간문제다.

아니, 애초에 검은 가죽 장화가 도망간 순간부터 황밀교에 알려지는 것은 당연한 일이다.

그래도 좀 시간이 있을 거라 생각했는데 생각보다 더 시간이 없을 수도 있었다.

"이게 도찰원 감찰어사의 패네요. 우와!"

이연이 신기한 듯 그 귀여운 손으로 증패를 만지작거렸다.

장호는 피식 웃으면서 그녀의 손에서 증패를 빼앗았다.

"별거 아닌 물건이다. 산서성 내에서 나를 귀찮게 하는 놈들이 없으라고 보내준 것이니까. 실제로 이걸로 내가 뭔가를 할 수는 없을걸."

"예?"

"번 대협을 치료하고 돌아오던 날 관부의 고위인사를 구해 준 일이 있었거든. 그때의 보답으로 내려온 것이니 당연하지 않겠니?"

"그렇게 된 거군요."

"실제로 이제부터 태원에서 나를 어쩌려는 관리는 없을 게다."

본래 선문의방은 태원의 관부 여기저기에 뇌물을 뿌리고 있었다.

무인을 천삼백여 명이나 보유하고 다수의 땅을 의선문의 소유로 만들기 위해서였다.

그러나 이제는 저들이 알아서 장호에게 기어야 한다. 비록 만들어준 직위이지만 그렇다고 효력이 없는 직위는 아니기 때문이다.

그렇다고 장호가 당장 안면몰수해서 저들에게 주는 뇌물을 끊지는 않을 생각이다.

높은 위치에 있음에도 뇌물을 주면 이것은 도리어 저들에게 빚을 지워주는 행위가 되기 때문이다.

그러면 이 산서성의 관리들도 장호의 뜻을 거역하기가 어렵게 된다.

그것은 장호가 더 수월하게 자신이 뜻한 바를 이룰 수 있다는 것.

"스승님, 대단하세요."

"하하, 뭘 이 정도 가지고 그러니? 그나저나 말을 하면서도 내공이 잘 모이는 것을 보니 확실히 익숙해지긴 한 모양이구나."

"스승님의 가르침이 있었기 때문이에요."

이연은 지금 선천의선강기를 수련 중에 있다.

말을 하면서도 내공을 모을 수 있다는 것은 그만큼 이연이 내공수련에 숙련되어 있다는 것을 증명하는 것이다.

"좋아, 오늘은 여기까지다. 나가보거라."

"예, 스승님."

이연은 내공을 갈무리하고서 연공실을 나섰다. 그리고 뒤이어서 이진이 들어왔다.

"앉거라."

연공이 시작되었다.

*　　　*　　　*

'쯧, 귀찮은 짓을 하는군.'

장호는 중패를 만지작거리면서 자신의 방에서 생각에 잠겨 있었다.

공손무위, 혹은 주화영이 내린 것이 분명한 도찰원 감찰어사라는 직위.

녹봉도 나온다.

꼬박꼬박 태원부에서 나오기로 되어 있다.

이 녹봉이 적은 돈은 아니지만, 장호가 벌어들이는 수익에 비하면 별게 아니다.

"이런, 시간이 되었군."

내단이 형성된 이후로 장호는 피로를 느끼지 못하는 몸이 되었다.

장호는 잠도 하루에 반 시진만 잔다.

잠을 아예 자지 않을 수도 있지만, 수면을 취해야만 정신적인 피로를 풀 수가 있기에 하루 반 시진은 꼬박꼬박 잤다.

그의 일과는 낮에는 일을 하고 밤에는 수련을 하는 것.

때문에 내공도 순조롭게 쌓여가고 있었다.

이번 겨울에는 내공수련을 중점적으로 했고, 약재의 도움을 받아 무려 이 년 치의 내공이 더 늘어났다.

팔십칠 년 치의 내공이라고 할까?

일 갑자가 육십 년의 내공을 뜻하니 현재 장호는 일 갑자

하고도 반 갑자의 내공을 가진 셈이다.

이 정도면 초절정의 경지 중에서도 내력이 고강한 축에 속한다.

드르륵.

장호는 의복을 단정히 하고 밖으로 나왔다. 공기가 몹시 차다.

아직 겨울의 와중이고 산서성은 겨울이 혹독하기로도 유명했다.

그러니 이렇게 공기가 찬 것은 당연한 일이었다.

장호가 밖으로 나오자 이미 대기하고 있는 사람이 있었다.

고용된 하녀이다.

지금은 오전 초진을 하는 시각이다.

장호는 입원해 있는 환자들의 상세를 살피는 것으로 일과를 시작했다.

장호가 움직이자 하녀가 뒤를 따랐다.

그리고 잠시 후 장호가 환자들이 입원해 있는 입원실에 도착했을 때에는 이미 많은 의원이 장호를 기다리고 있었다.

"우선 내과부터 가지."

"예, 방주님."

의원들이 장호의 뒤에 따라 붙었고, 장호는 내과로 향했다.

장호는 내과를 돌아보며 환자 한 명 한 명을 진맥하고 상세를 살피는 등 환자의 치료가 제대로 되고 있는지를 살폈다.

그렇게 오전의 초진을 약 두 시진을 행하고 나자 모든 입원실의 환자를 전부 확인할 수 있었다.

"좋네. 아주 좋아. 모두들 열심히 하고 있군. 의술 공부는 모두 제대로 하고 있는가?"

초진이 끝난 이후, 간단한 회의가 있다.

의원들의 처우 개선, 혹은 환자들에 대한 더 나은 치료를 위한 일 등을 토의하는, 특별히 정해진 주제는 없는 회의다.

장호의 말에 하나둘 이야기를 꺼낸다.

의술의 어려운 점이라든가, 새로운 형태의 의술에 대한 이야기들이다.

"의학 서적을 추가로 구입해 두었으니 모두 공부를 게을리하지 말도록."

"예, 방주님!"

모두가 우렁차게 대답한다.

선문의방에서는 모든 의원이 하루 한 시진은 반드시 의학 서적을 공부하도록 되어 있었는데, 그것은 의원들의 실력 향상을 위해서이다.

의학 서적을 통해 의학 지식을 습득하고, 그것을 장호가 직접 이끌어주어 실전도 겪게 하는 체계를 자리 잡아놓았던 것.

그것은 효과적이기도 했다.

현재 선문의방의 의원 수는 무려 백이십여 명에 달했고, 그들의 의술 수준은 전원이 중하급 이상이었던 것이다.

"그럼 모두 점심 맛있게 먹게."

어린 모습의 장호는 그렇게 늙은이 같은 말투로 말하고는 자리를 떠났다.

이제 점심을 먹을 시간이다.

＊　　　＊　　　＊

장호의 일과는 마치 기계라고 할 만큼 딱 짜여 있다.

하지만 그것은 주로 낮에 국한되어 있고, 밤에는 장호도 자신만의 여러 가지 활동을 했다.

물론 주로 수련을 하고 있지만, 다른 일도 많이 하고 있다.

예를 들자면 바로 의술 공부다.

장호가 비록 전생과 현생을 합하여 많은 의학 지식을 가지고 있어 이제는 명의 중에서도 상급이라고 할 만하지만, 아직 신의라고 불리기에는 조금 못 미친다.

실제로 장호는 스승인 진서의 가르침 아래 많은 의술을 익히고 배웠지만 그럼에도 세상에는 아직 장호가 모르는 의술이 많았다.

풍부한 자금력을 통해서 여러 가지 잡다한 의학 서적을 사들인 장호는 선천의선강기 덕분에 높아진 기억력을 이용, 매일 새로운 의학 지식을 공부하고 있는 중이다.

장호가 공부 중인 것에는 저 먼 서역의 의술도 있고 고대로부터 전해져 내려온 연단의 지식도 있다.

특히 최근에는 약학, 그리고 연단술에 대한 지식을 급격히 늘리는 중이다.

바로 장호 본인의 내공을 늘리기 위해서이고, 또한 문도들의 내공을 늘리기 위해서이기도 했다.

"흐음."

장호는 포박자를 보면서 생각에 잠겼다.

포박자는 의원들 사이에서는 대중적이라고 할 만큼 널리 알려진 연단술서이다.

그러나 이 포박자에는 연단술의 정수가 빠져 있다.

어쩌면 진본은 유실된 지 오래이거나 극소수의 사람만이 가지고 있을 것이다.

그러나 비록 정수가 빠져나갔다고는 해도 포박자의 내용은 꽤나 도움이 되었다.

특히 포박자에서 가장 중요하게 여기는 것은 바로 정기(正氣)였는데, 이는 선천진기와도 관련이 있어 보였다.

선천진기는 생명의 근원이며 타고나는 것이다.

이를 늘이는 수련법은 없다고 보아도 무방했다.

선천의선강기도 선천진기에 가까운 순수한 기운을 모으지만, 역시 선천진기라고 할 수는 없었다.

포박자에는 그러한 선천진기를 정수라고 표현했으며, 이를 모으는 방법에 대해서 짤막하게나마 언급하고 있었다.

"정수라……."

장호는 포박자의 탐독을 마치고 생각에 잠겨들었다.

그의 머릿속에서는 여러 가지 지식이 하나둘 소용돌이 치고 있었다.

그러던 어느 순간이다.

장호는 영물에 대해서 떠올리게 되었다.

내단을 소유하고 있으며, 천지자연의 순후한 기운을 모아들인 생물들.

그리고 지금 이 시점에서 장호는 몇몇 영약이나 내단을 지닌 영물들이 어디에 살고 있는지를 알고 있다.

운남성의 독각룡, 광동성의 흑호, 청해성의 석린룡.

그중에서도 장호는 광동성의 흑호를 노리지 않았던가?

이제 대략 오 년 정도면 흑호가 출현하여 인명을 살상할 터이다.

미리 가서 찾아내 처리한다면 조금 덜 여문 내단이겠지만 그래도 내공 증진에 크게 도움이 될 터였다.

광동성까지는 왕복으로 두 달 정도면 된다. 그렇게 긴 시간은 아닌 것이다.

그렇다면…….

"우선 안정시킨 다음 외유를 갔다 와야겠지?"

장호는 다시 한 번 생각을 정리했다.

일 년이다.

일 년간 의선문과 선문의방의 기반을 완전히 공고히 다진 이후 외유를 한다.

장호는 그렇게 하기로 결심하고 계획을 세우기 시작했다.

*   *   *

때는 이월(二月).

장호가 금련표국주 번청산을 치료하고, 원허를 치료한 지 이제 사 개월쯤 지났다.

휘하에 천삼백 명의 무인을 두고, 흑호의 내단을 얻어야겠다고 결심한 지 이 개월이 지난 시기이기도 하다.

선외단은 빡빡한 수련 탓에 몇 명이 이탈하였지만, 장호는 이탈하는 이들에게서 급료를 되받았을 뿐 다른 어떤 제재도 가하지 않았다.

어차피 장호가 원하는 것은 강인한 집단이기 때문에 무공의 유출 정도는 별로 신경 쓰지 않은 것이다.

게다가 장호가 가르친 무공도 어차피 사들인 것들이 아닌가?

그래서 더더욱 별다른 제재를 가하지 않은 것인지도 모른다.

어차피 체계적인 수련이라는 것 자체를 혼자서는 제대로 할 수 있을 리가 없다.

체계적인 수련이라는 것도 값으로 따지기 어려운 귀중한 재산인 것이다.

사람은 거의 대부분이 고통에서 도망치려고 한다.

당연하다.

누가 고통스러운 것을 좋아하겠는가?

문제는 거기에 있다.

사람이 노력을 해서 무언가를 한다는 것은 필연적으로 고통을 발생시킨다.

고통 때문에 사람들은 노력하려는 행동 자체를 하지 않게 되는 것이다.

더욱 기묘한 것은 어쩔 수 없는 상황에서 강제적으로 고통당하는 것은 감내한다는 점이다.

예를 들어보자면 이러하다.

생존을 위해서 소작농으로 밭농사를 한다.

이 경우 지속적으로 농사일이라는 고통이 발생하게 되는

데도 참으면서 매일매일 같은 일을 해나간다.

그러나 생존이 아닌, 즉 강제적으로 그 일을 해야 할 이유가 사라지면 사람은 그러한 일을 하지 않게 된다.

고통스러우니까.

공부나 수련도 그러하다.

더 나은 미래를 위한 능력을 쌓기 위해서 공부, 혹은 수련을 하는 것이 아닌가?

그러나 사실 수련이나 공부를 하지 않아도 먹고살 만은 하다.

그러다 보니 점점 게을러지고 나태해지는 것이다.

고통을 외면하기 위해서.

장호는 사람들의 그러한 일면을 알고 있다.

아무리 고급의 무공과 수련법을 가르쳐 주어도, 혹은 신공절학을 가르쳐 주어도 스스로는 그런 무공의 수련을 제대로 해내지 못하는 이유가 바로 거기에 있었다.

인간은 자발적으로 고통을 감내하는 데 익숙하지 않다.

여기서 중요한 것은 자발적이라는 대목이다.

강제적인 고통을 감내하는 데에는 익숙하다는 점도 중요하다.

그래서 장호는 체계를 만든 것이다.

의선문 선외단이라고 하는 조직체를 만들고, 단체 행동을 통해 강압적으로 수련에 임하게 만들었다.

낭인 생활은 대부분이 무절제한 삶이고, 이러한 체계적인 생활은 몹시 답답하다.

하지만 그들이 이 의선문에서 내쳐졌을 경우 생겨나는 극한 상황이 그들에게 이런 체계적인 삶을 감내하게 만들고 있었다.

이것이야말로 강압적인 고통의 감내.

또한 이를 통해서 이들은 강해지고 있었다.

이미 내공심법을 모두 원접심공으로 바꾼 시점에서부터 눈에 띄게 강해지고 있는 중이고, 몸의 체력과 근력을 단련하면서 단번에 삼류에서 이류 정도로 뛰어오를 정도이다.

사실 삼류에서 이류로 올라가는 것은 그리 어려운 일이 아니다.

제대로 된 식사와 수련이 병행된다면 일 년이면 충분하기 때문이다.

게다가 원접심공이 절정의 무공이라는 것도 한몫했다.

세상에는 신공절학, 혹은 상승절학 같은 높은 수준의 무공들이 있다.

하지만 대부분의 무인을 자처하는 강호의 삼류무사는 신공절학은커녕 하급의 내공심법도 제대로 익힌 적이 없는 것이 보통이다.

그런 이들이 절정무공으로 평가되는 원접심공을 익히기 시작했으니 당연히 눈에 띄는 변화가 있을 수밖에 없지 않겠는가?

게다가 장호는 그들을 직접 지도하고 있었다.

의선문에 소속된 의원들도 지난 일 년이 조금 안 되는 시간 동안 의술이 발전한 상태였고, 위급한 환자를 제외하면 대부분은 능히 치료할 수 있는 실력을 갖추었다.

때문에 장호는 의방의 일을 줄이고 의선문의 무인들을 수련시키는 데 시간을 할애하고 있었다.

장호는 초절정의 경지!

게다가 의원이기에 일반적인 무인들은 알지 못하는 여러 가지 체계적인 수련법과 전생에 스스로 개발한 여러 가지 수련법을 알고 있었다.

그가 직접 선외단과 보의단의 수련을 전두지휘하자 무인들의 실력이 일취월장하게 된 것은 당연한 일이었다.

그렇게 겨울이 지났다.

그리고 봄이 성큼 다가왔다.

第四章

이제 안심이군

유비무환이라는 말이 있다.

준비를 해두면 근심이 없다는 뜻이다.

그리고 이 말은 옳은 말이다.

아무런 준비도 없이 어떤 사건에 부딪치게 되면 엄청나게 비극적인

일이 벌어지게 되니 말이다.

삶의 지혜

"이번 달도 흑자입니다, 방주님."

"흑자가 계속되는군요. 그만큼 다른 의원들이 많이 남겨먹었다는 건가?"

"그런 셈이지요."

한 달에 한 번 있는 정례 보고 시간.

선문의방은 유병건이 운영하는 것이나 마찬가지라서 거의 대부분의 일은 그의 손에서 처리된다.

물론 그 혼자서 모든 일을 해내는 것은 아니다.

그는 총괄하는 것이고, 그가 불러들인 그의 친구들이 각각의 업무를 소화해 내고 있었다.

약재의 구입, 기자재의 구입, 이제는 사만여 명으로 불어난 소작농들에게 해주는 지원비 등등을 계산하고 집행하는 일에서부터 사람을 고용하고 업무를 분담하는 일까지 실로 여러 가지 사무적인 일을 위해서 학사들이 고용되어 있는 상태였다.

선문의방은 이제 의원 수만 해도 백여 명이 넘어가고, 선문의방을 지키기 위해서 존재하는 무인만 무려 이백사십 명이나 된다.

이들 이백사십 명은 선외단의 무인으로, 팔십 명씩 삼교대로 돌아가면서 선문의방을 지키고 있다.

즉 선문의방은 이미 산서성 최대의 의방이자 세력이 된 것이다.

물론 선문의방은 의선문에 속해 있으니 지금 산서성 최대 세력은 의선문인 셈이다.

"좋습니다. 현재 여유 자금은 어떻습니까?"

"금자로 사천 냥의 여유 자금이 있는 상태입니다. 방주님께서 말씀하신 대로 이후에 생기는 수익금은 전부 토지를 구입하는 데 쓰고 있는 실정입니다."

"그대로 계속 진행하세요. 적어도 십십만 명의 소작농을 보유해야 하니까요."

"그렇게 많은 사람이 필요할는지 의문입니다만……."

"아니, 필요해집니다."

장호는 단호하게 말했다.

의선문의 문규.

사람을 구하라.

스승의 유언에 따라 그를 위해서 선문의방을 세우고 토지를 개간하여 구입하고 소작농을 받았다.

거기서부터 장호는 한 가지 생각을 하게 되었다.

이왕 이렇게 된 것, 규모를 더욱 키운다.

다가올 황밀교와의 전쟁에서 유용하게 사용할 수 있으리라.

"알겠습니다. 그렇다면 계속 일을 추진하겠습니다. 다만 드릴 말씀이 있습니다."

"말씀하세요."

"돈을 제대로 다룰 수 있는 전문가가 필요할 것 같습니다. 사람이 많아지면… 지금처럼 주먹구구식으로 사업을 해서는 힘들지 않겠습니까?"

"흠, 상재를 가진 이가 필요하다는 말씀이시군요?"

"예. 저를 비롯한 저의 친우는 모두 관리가 되고자 공부한 이들인지라……."

"생각해 보지요. 그럼 오늘의 보고는 이걸로 끝인가요?"

"예, 방주님."

"수고하셨습니다, 유 총관. 그럼 나가보세요."

"그럼 이만 물러나겠습니다."

유병건 총관은 읍을 해 보이고는 밖으로 나갔다.

장호는 방금 유병건이 한 이야기에 동감했다.

상재가 있는 이가 필요하다!

사실 지금 선문의방의 규모는 급격히 커졌다.

벌어들이는 돈도 어마어마하지만 소모하는 돈도 어마어마했다.

유병건 총관을 비롯한 관리가 되고자 했던 학사들은 대부분 관료주의적인 관리에는 능하지만, 이 돈을 효율적으로 쓰는 방법은 모른다.

상재가 있는 이가 필요하다는 유병건 총관의 말이 옳았다.

그러나 믿을 만한 이를 구한다는 것은 쉬운 일이 아니다.

"하오문의 신세를 져야 하려나."

사실 유병건 총관을 비롯하여 많은 이를 하오문의 신세를 지고 구했다. 이번에도 하오문의 신세를 진다면 구할 수 있을 것이다.

"일단 이 건은 보류."

아직은 버틸 만한 상황이다. 그래서 장호는 우선 보류하기로 결정했다.

"어디 보자……."

오늘 할 일은 다 끝난 건가?

장호는 자신이 해야 할 일에 대해서 모두 점검하고는 자리에서 일어섰다.

이제 개인 수련을 할 시간이었다.

＊　　　＊　　　＊

의술, 의학이란 결국 사람의 몸에 대한 연구라고 해도 과언이 아니다.

여러 가지 약재가 육체에 작용하는 법칙을 풀어내고, 그를 이용해 몸을 강건하게 만들며 병을 치료하는 것.

그것이 의술의 근본이 아니겠는가?

연단술은 그것에서 한발 더 나아간 것이다.

단지 병을 치료하고 육신을 강건하게 만드는 것을 떠나, 육신이 보통 사람을 초월하게 만들기 위한 연구가 바로 연단술인 것이다.

때문에 연단술의 연구 결과로 영단(靈丹)이라는 것이 만들어졌다.

무당파의 태청단, 소림사의 소환단, 화산파의 자소단.

이것들이 바로 강호에서도 유명한 영단이 아닌가?

보통 사람이 먹어도 평생 무병장수하게 해주고, 무인이 먹으면 적어도 반 갑자의 내공을 얻을 수 있다고 알려진 영약이 바로 이것들이다.

의선문에도 영단의 제조법이 있긴 하다.

다만 그 효능은 태청단이나 소환단 등에 비하면 떨어진다.

게다가 의선문의 영단은 재료를 구하는 것도 어려워서 장호로서는 현재 만들 수 없는 물건이다.

여기서 장호는 생각의 전환을 해보았다.

완전한 영단이나 영약은 만들기 어렵다.

하지만 내공 증진 보조제처럼 조금 약효가 떨어지는 것이라면 어떨까?

영단에 가까운, 하지만 영단은 아닌 그런 물건이라면?

의선문의 영단을 만들기 위해서는 여러 가지 약재가 필요하지만, 가장 중요한 것은 바로 선천의선강기이다.

영단을 제조할 때 선천의선강기를 사용해 숙성시켜야만 영단이 완성되는 것이다.

스승인 진서에게 배운 바에 따르면 선천진기에 가까운 선천의선강기의 힘이 약재에 영향을 미쳐 약효를 극적으로 끌어 올리고 서로 다른 성향의 약재들을 하나로 합해준다고 했다.

마치 장호가 다른 무인의 몸에 내가진기를 흘려보내어 내상을 치료할 때의 상황처럼 말이다.

장호는 여기에서 방법을 착안했고, 여러 가지 실험을 하였다.

선천의선강기로 약재의 효능을 얼마까지 끌어 올리고 몸이 흡수할 수 있는지를 실험한 것이다.

장호는 포박자 외에도 여러 연단술에 관한 서적을 읽은 끝에 실험을 했고, 지금에 와서는 최적의 수련법을 찾아냈다.

사실 장호는 이걸 사용해서 일 년에 적어도 육 년 정도의 내공을 모을 수 있게 된 상태였다.

대파에서는 보통 상승절학을 배운다.

그런 명문대파는 보통 십 년간 매일 두 시진 동안 내공을 수련하여 반 갑자를 모으는 것이 보편적이다.

물론 내공수련을 더 열심히 하면서(그러니까 하루 세 시진에서 네 시진을 수련한다거나) 영약의 도움을 받는다면 십 년 동안 일 갑자를 모으기도 한다.

보통 여덟 살 정도에 입문하여 열두 살부터 본격적으로 내공수련에 들어가는 것을 감안하면 대부분의 명문대파 제자는 스물두 살쯤에는 반 갑자에서 일 갑자의 내공을 가진다고 보아야 한다.

물론 편차가 꽤 있는 편이기는 하다.

사실 장호의 선천의선강기는 진기를 모으는 속도가 너무

나도 느리다.

그러나 그것을 내공 증진 보조제의 도움을 받아 아슬아슬하게 명문대파의 제자만큼의 속도를 따라잡고 있는 상태였다.

하루 두 시진 기준으로 일 년에 이 년 치의 내공을 얻는다.

그게 스승인 진서의 내공수련 속도였다.

장호는 자체적으로 수련 시간을 두 시진에서 네 시진으로 늘렸고, 거기에 더해서 내공 증진 보조제 여러 가지를 잔뜩 먹었다.

덕분에 지금 장호는 일 년에 무려 육 년치의 선천의선강기를 얻을 수 있는 상태였다.

이는 명문대파의 제자들보다 빠른 속도이다.

게다가 선천의선강기의 정순함은 명문대파의 신공절학이라고 해도 따라오기 어려울 정도로 순수하다.

때문에 전투에서도, 그리고 실제 육체에 미치는 힘도 우월했다.

물론 수련 시간을 두 배로 늘렸으니 당연하다고도 볼 수 있다.

하지만 한 가지 확실한 것은 장호의 의술과 의선문의 의술이 합쳐져 말도 안 되는 속도로 내공을 모으는 것이라고 볼 수 있었다.

그런데 장호는 지금에 와서는 거기에 더해 연단술을 공부하면서 여러 가지 개선점을 찾아냈고, 지금은 하루 두 시진 기준으로 사 년치의 내공을 얻을 수 있게 된 상태였다.

수련 시간을 네 시진으로 늘렸으니 장호가 일 년에 얻을 수 있는 내공은 무려 팔 년치라는 계산이 된다.

실제로 장호는 겨울이 지나 봄이 되면서 내공이 벌써 구십 년을 돌파한 상태이기도 했다.

이대로 가다가는 영약을 먹지 않아도 내공이 급증할지도 몰랐다.

황밀교의 난이 시작되려면 아직 십 년도 더 남았으니 그동안 내공을 꾸준히 모은다면 적어도 삼 갑자에 달하는 선천의 선강기를 가질 수 있을 수도 있었다.

지금도 장호의 신체는 천생신력을 타고났다는 자들과 동급의 육체를 가지고 있는 상황.

그런데 만약 삼 갑자의 선천의선강기를 가지면 어떻게 될까?

내공을 조금도 쓰지 않고서 손가락 힘만으로 칼을 조각낼 수 있게 되는 것은 아닐까?

생육선!

그 절대의 경지에 진정 도달할 수 있지 않을까?

장호는 그렇게 생각했다. 그리고 계속해서 수련에 침잠해 들어갔다.

*   *   *

별다른 일이 일어나지 않고 시간이 흘렀다. 금련표국은 다시 문을 열고 영업을 재개했다.

그리고 여름이 지나고 가을이 왔을 때, 장호는 태원 제일의 부호가 되어 있었다.

사만오천여 명으로 늘어난 소작농이 일군 수확물 때문이다.

수확물 중 약재는 선문의방의 약재 창고로 들어갔고, 곡물은 식량으로 쓸 것을 제외하고는 전부 상인들에 의해 팔려 나갔다.

그렇게 해서 의선문이 벌어들인 돈이 금자로 무려 이만 냥에 달했다.

실로 어마어마한 금액이다.

그리고 이 금액은 다시금 태원 인근 황무지를 구입하는 데 투자되었다.

애초에 황무지는 버려진 땅이고 땅 주인도 없다. 땅을 샀다는 증거로 땅문서를 만들어주는 대가의 세금만 조금 내면 되었다.

게다가 장호는 정칠품 도찰원 감찰어사의 신분을 가지고 있다.

관리들이 알아서 기었기에 어마어마한 토지가 장호의 손에 굴러들어 오게 되었다.

본래 흑피문이 자리하고 있던 람현에서 태원 사이에 있는 광활한 황무지와 산천초목의 토지가 모조리 장호의 소유가 되고 만 것이다.

그 즈음에 유병건은 본래 흑피문이 있던 자리에 선문의방 람현지부를 세우기 시작했고, 장호는 거기에 선외단원 일부를 주둔시켰다.

그 결과 람현과 태원, 그리고 그 사이의 지역까지 완전히 장호의 세력이 되어버렸다.

이는 번개처럼 빠르게 이루어진 일인데, 겨울이 오기도 전에 이 모든 일이 완전히 이루어져 버린 것이다.

동시에 장호는 하오문에 소문을 내어서 빈민들을 끌어모으기 시작했다.

산서성은 살기 어려운 곳이고, 여기저기 빈민이 된 이가 넘쳐났다.

산서성의 전체 인구는 약 삼백만 명 정도.

그들 중에서 빈민의 수만 세어도 팔십만이 넘는 실정이다.

하오문을 통해 낸 소문 때문에 팔십만 빈민 중 일부가 움직였고, 선문의방의 소작농이 되기 위해서 겨울 동안에만 무려 삼만여 명이 찾아왔다.

금자 이만 냥을 벌어들인 장호지만 이들 삼만여 명을 새롭게 정착시키기 위해서 그렇게 벌어들인 돈의 절반 이상을 사용해야 했다.

하지만 장호는 걱정하지 않았다.

한 달에 생산하는 노강환의 수를 총 백오십 개로 늘인 데다 하나당 가격을 이제는 무려 금자 백 냥을 받고 있기 때문이다.

이렇게까지 비싼데도 불구하고 노강환은 없어서 못 팔 물건이 된 상태였다.

태원까지 찾아온 상인들이 사가기 때문이다.

즉, 노강환의 명성은 이미 중원 전역으로 알려져 있는 상태였다.

노강환 판매만으로도 한 달에 금자 만오천 냥을 버는 셈이니 장호에게는 마르지 않는 금력이 있다고 해도 과언이 아니었다.

결국 겨울이 끝나고 다시 봄이 왔을 때,

장호는 무려 십만 명에 달하는 소작농을 거느린 어마어마한 규모의 대토호가 되어 있었다.

더불어 확실한 체계와 무위를 갖춘 천삼백 명의 무인을 휘하에 거느린 방파의 주인이 되어 있었다.

한 달에 벌어들이는 돈만 해도 무려 금자 삼만 냥.

부의 규모로도 산서성 최대라고 보아야 할 정도였다.

사실 장호로서도 자신이 이렇게까지 빠르게 어마어마한 세력의 주인이 될 거라고는 생각하지 못해서 조금 놀란 상태이기도 했다.

그리고 상황이 이렇게 되자 더욱더 상재에 능한 사람이 필요하다는 생각을 하게 되었다.

그렇게 다시금 세월이 흘렀다.

*　　　*　　　*

"후우우."

육 척을 넘어 칠 척에 가까운 큰 키를 가진 젊은 사내가 가부좌를 한 채로 앉아 있다.

그의 몸 주변으로 기이한 울림이 일어나고 있고, 그의 의복은 바람도 불지 않는데 있는 대로 부풀어 있었다.

그것은 정녕 기이한 모습이었다.

하지만 자세한 내막을 아는 이라면 이 광경이 얼마나 놀라운지 알 수 있을 것이다.

젊은 사내의 몸에서 일어나는 기운이 옷을 부풀게 만든 것이고, 이는 내공이 일정 경지에 오르지 않는 이상 불가능한 일이기 때문이다.

"하아아!"

사내가 숨을 내쉬자 부풀어 올랐던 옷이 줄어들었다.

그리고 사내가 숨을 들이마시자 다시금 옷이 부풀어 오른다.

그러한 움직임이 몇 번 반복되더니, 곧이어 사내가 두 눈을 떴다.

번쩍!

번득이는 신광이 사내의 두 눈에서 뻗어 나왔다가 다시금 그 눈에 깊숙이 갈무리된다.

이제 겨우 스물을 갓 넘겼을 법한 젊은 사내에게서 세상을 오시할 기운이 뻗어 나왔다가 갈무리되는 광경은 실로 놀라운 것이었다.

"흠. 선천의선강기가 금강철신공과 감각도에도 영향을 줄 줄은 몰랐는데……."

감각도.

금강철신공.

이것은 장호가 따로 익힌 무공들이다.

감각도는 스승인 진서가 전수해 준 것이고, 금강철신공은 여이빙이 은혜를 갚는다고 가르쳐 준 것이다.

감각도의 경우 전신의 감각을 예민하게 만들고, 보통 무인보다도 더 뛰어난 감각을 가지게 만드는 무공이다.

금강철신공은 전신을 고르게 강화해 주는 외공으로, 경지에 이르면 도검불침에 이르는 것은 당연하고 덤으로 근육과 뼈를 강하게 해주어 근력과 체력도 같이 상승시켜 주는 효험이 있었다.

최근에 장호는 내공수련에만 집중했기 때문에 감각도와 금강철신공의 수련은 사실 게을리하고 있었다.

아니, 다른 무공들도 마찬가지다.

육벽권검을 비롯한 여러 무공도 현재는 뒷전인 상태로 내공수련에만 집중하고 있었다.

실제로 본래 하루 네 시진 행하던 내공수련 시간을 무려 여섯 시진으로 늘린 지가 벌써 반년이 넘은 것.

그런데 그런 내공의 수련이 의외로 감각도와 금강철신공에 영향을 끼치고 있었다.

내가진기를 모으던 중에 내공의 일부가 금강철신공의 구결에 의해서 저절로 운기되어 육신을 강화하는 데 쓰이고 있는 것이다.

외공은 기본적으로 내기를 육신에 들이붓는 형태를 띤다.

단전에 내기를 모으기보다는 그 내가진기를 몸의 세포 하나하나에 들이부어 몸을 단단하게, 그리고 강건하게 만들기 위함이었다.

도검불침의 경지에 이르는 비결이 바로 거기에 있었다.

피륙으로 이루어진 손과 발일지라도 꾸준히 내가진기를 불어 넣어서 단련하면 창칼을 튕겨내는 단단함과 질김을 가질 수 있는 것이다.

금강철신공을 익히기 위해서는 이렇게 내기를 피륙에 들이붓고, 거기에 더해서 육신을 방망이 같은 것으로 끊임없이 자극해서 단련해야 한다.

그런데 선천의선강기가 자기 멋대로 금강철신공의 내공심결에 따라서 움직이더니 몸에 부여되는 것이 아닌가?

내공을 모으는 속도가 아주 조금 처지기는 했지만, 덕분에 장호의 금강철신공의 경지는 벌써 칠성을 넘어버렸다.

내기를 쓰지 않은 날붙이로는 장호의 가죽을 뚫지 못하게 된 것이다.

게다가 근육과 내장에도 선천의선강기의 내기가 스며들어 강화된 덕분에 장호는 정말로 괴력이라고 할 만한 힘을 가지게 된 상태였다.

지금 상태라면 내공을 전혀 쓰지 않고도 절정고수 정도는 가볍게 살해할 수 있을 정도였다.

그 정도면 말 다한 것이지 않겠는가?

이렇게 되고 보니 장호는 슬그머니 욕심이 났다.

내공수련보다 금강철신공을 먼저 수련할까 하는 생각이 든 것이다.

금강철신공을 대성하면 검기도 통하지 않는 몸을 가질 수 있게 된다.

전설에 이르는 금강불괴는 강기를 넘어 강환도 통하지 않는다는데, 그에는 미치지 못한다 할지라도 검기를 견디어내는 몸이라면 어마어마한 가치를 지녔다고 할 수 있기 때문이다.

"선천의선강기가 애초에 선천진기에 가깝기 때문인가?"

장호는 이렇게 된 원인에 대해서 생각해 보았다.

내공을 모으고 남은 자투리 내가진기만으로도 금강철신공이 이렇게 빠르게 증진될 줄이야.

그 이유는 아무리 생각해 보아도 한 가지다.

바로 선천의선강기의 성향 때문.

선천진기에 가까운 정순한 내가진기이기 때문에 육신을 강화하는 두 가지 무공이 영향을 받을 수밖에 없었던 것이다.

"그러면… 이쪽을 먼저 해야겠군."

장호는 당분간 금강철신공 쪽에 더 주력하기로 결정을 내렸다.

검기불침만 되어도 이 산서성에서 장호가 두려워할 인물은 없다고 보아야 했으니 당연한 선택이기도 했다.

장호는 그렇게 결정하고는 자리에서 일어나 방을 나섰다.

싸아아!

아직 날이 차다.

겨울이 끝나가고 있지만 산서성은 본래 추운 곳이니 공기가 차가울 수밖에.

지금의 나이는 열여덟.

장호가 열두 살의 나이로 되돌아온 지 이제 육 년이 지났다.

그간 장호는 많은 변화를 하였다.

소작농 십만을 거느린 대지주이자 대토호가 되었고, 이류무인 일천, 일류무인 삼백, 절정무인 다섯을 수하로 둔 거대 방파의 문주가 된 것이다.

무인을 천삼백 명으로 늘린 이후 벌써 이 년이 지났고, 그동안에 삼류무인 전원은 이류무인이 되었다.

그들의 평균 내공 수치는 대략 십 년.

명문대파들의 수준에 비하면 허접하다고 할 수 있지만, 중소 규모의 문파 중에서는 가히 대적할 자가 없는 규모이다.

게다가 의선문의 문도 전원은 집단 전투를 익혔고, 군의 편제를 따르는 훈련과 수련도 하였다.

때문에 의선문은 이제 집단전에서는 도리어 다른 문파들을 압도하는 전투 능력을 가졌다고 보아야 할 것이다.

이 년간의 수련 끝에 천삼백 명 전원이 기마궁술이 가능해 졌으며, 전원이 창을 쓸 수 있고 방패를 자유자재로 다룰 수 있게 되었기 때문이다.

아직 한 번도 전투를 치르지 못하였지만, 만약 이들이 세상에 나선다면 강호문파 모두가 놀라워하리라.

이렇게 거대한 세력의 주인이 되었지만 장호는 아직 갈 길이 멀다고 생각했다.

적어도 삼십만 명의 소작농을 보유하고 의선문의 문도의 수 역시 적어도 오천여 명까지는 늘려야 한다고 생각한 탓이다.

그 정도는 되어야 다가올 황밀교와의 난에서 자신을 보호할 수 있을 터이다.

애초에 이 산서성은 황밀교의 난이 일어나던 당시에는 찬밥 신세이던 곳으로 황밀교도, 그리고 다른 문파들도 그리 신경 쓰지 않았다.

하북팽가, 화산파, 종남파가 이곳의 이권에 관심을 두겠지만, 어차피 그것은 이권일 뿐 어떤 세력적인 기반을 쌓을 터전으로는 보지 않는다.

때문에 여기는 나중에도 허허벌판일 터.

하지만 그렇기에 더더욱 힘을 쌓아놓아야 한다.

그러면 아무도 이 산서성을, 그리고 장호와 가족을 건드리는 자는 없게 될 것이다.

저벅저벅.

장호는 걸음을 옮겼다.

오늘도 어제와 그리 다르지 않은 하루가 계속될 것이다.

환자를 치료하고, 의선문 문도들의 수련을 지휘하고, 그리고 두 제자의 수련을 봐준다.

그리고 저녁에 오면 스스로 다시금 연단술을 공부하고 수련을 계속할 것이다.

지금 장호의 나이 열여덟.

서른 살이 될 때까지는 십이 년이 남았고, 전생에 황밀교의 비처를 탐사하던 서른다섯까지는 십칠 년이 남았다.

지금의 장호는 일 년에 적어도 팔 년의 내력을 모을 자신이 있었고, 십 년이면 일 갑자 하고도 이십 년의 내공을 모을 터이다.

지난 시간 동안 부단히 노력하여 지금은 이 갑자 조금 못 되는 내력을 모았으니 앞으로 십 년 정도면 선천의선강기 삼 갑자를 쌓을 수 있으리라.

"합! 이얍!"

아직 해도 뜨지 않은 어슴푸레한 새벽의 공기를 뚫고 장호의 귀로 희미한 기합 소리가 들어왔다.

장호의 발걸음이 소리가 이는 곳으로 향했다.

아직 변성기가 오지 않은 매끄러운 목소리.

제자인 이진의 목소리다.

누나인 이연에 비하여 말수가 적고 우직하고 뚝심이 있는 이진은 현재 금강철신공과 선천의선강기, 그리고 육벽권검과 심류장을 익혔다.

내공은 대략 십 년 정도로 하루에 네 시진의 내공수련과 장호의 여러 내공 보조제를 섭취하여 빠른 성장을 한 상태이다.

이는 명문대파에 비해서도 도리어 뛰어나다고 보아야 했다.

장호 아래에서 수련한 지 이제 삼 년째.

첫해에는 유가밀문의 체법 때문에 내공을 쌓지 않았으니 겨우 이 년 만에 십 년치의 내공을 쌓은 셈이다.

장호가 소리가 인 곳에 가보니 이진이 목각 인형을 상대로 검을 들고 여러 가지 초식을 전개 중이다.

육벽권검이다.

권과 검으로 벽을 만들면서도 빠르게 공격하는 무공.

장호가 직접 개량하여 뜯어고친 무공으로 실전적이고 위력적이다.

그 무리는 선수추타(先手追打)로서, 한 번 상대의 빈틈을 보고 공격을 시작하면 상대가 쓰러질 때까지 공격하는 것이 기본이다.

파팟! 팟!

내력이 실린 권과 검의 움직임에 장호는 내심 흡족한 맘이 들었다.

실전 경험이 부족하지만 내력이 제대로 실린 것이다.

장호는 유심히 제자의 수련을 지켜보면서 부족한 부분도 발견했다.

그러나 사실 저 정도 어린 나이에 저런 수준의 무공을 가지는 것이 결코 쉬운 일이 아님을 장호는 이미 잘 알고 있다.

그 자신도 전생의 경험이 아니었다면 이렇게 이른 나이에 초절정의 경지에 들어서지도, 완숙함을 가지지도 못했을 터였다.

퍽! 퍽!

목각 인형에 주먹을 때리는 이진을 보며 장호는 슬쩍 앞으로 나섰다.

"거기서는 권이 아닌 심류장을 써야지."

"스, 스승님."

장호의 등장에 이진은 놀란 듯 보였고, 잠시 당황하다가 포권을 하며 읍을 해 보였다.

"스승님을 뵙습니다."

"됐다. 그런데 언제부터 새벽 수련을 하기 시작했느냐?"

"석 달쯤 되었습니다."

"대견하구나. 네 누이는?"

"누나는 피부가 나빠진다고……."

"피부? 푸후후. 그 말괄량이가 그런 것을 다 신경 쓰고 있었나? 하여튼 어린 녀석이 발랑 까져 가지고."

장호의 말에 이진은 안절부절못했다. 의도치 않게 누나의 흥을 보게 된 셈이기 때문이다.

"선천의선강기만 부지런히 수련해도 피부 걱정은 하지 않아도 된다고 전하거라. 그나저나, 아까 하던 초식을 다시 한번 사용해 보도록."

"예, 스승님."

이진이 자세를 잡았다. 그리고는 방금 전 했던 초식을 되풀이해 보였다.

"그만."

장호의 말이 끝나자 이진은 바로 초식을 멈춘다.

"그 초식을 그렇게 사용하는 것은 틀리지 않았어. 하지만 너는 심류장도 배웠고 선천의선강기가 있지. 그렇지 않아?"

"예, 그렇습니다, 스승님."

"그렇다면 너는 좀 더 나은 방법을 궁리해야지. 거기서는 이 육벽타권의 초식을 사용하면서 주먹을 뒤집어 바로 심류장을 사용하는 것이 더 낫다. 바로 이렇게."

느릿느릿.

장호는 초식을 변형해서 싸우는 모습을 보여주었다.

"이게 바로 변초다. 초식을 정직하게 쓰기만 해서는 실전에서는 목이 달아날 수가 있지. 내가 보법을 가르칠 때 매번 하던 말을 기억 못하는 건 아니겠지?"

장호의 말에 이진은 그제야 '아!' 하면서 놀란 표정이 되었다.

장호가 내공심법과 유가밀문의 체법을 가르친 이후 가장 먼저 가르친 것이 바로 보법이다.

정확히는 감각도를 가르치면서 공간 감각을 가르치는 것을 가장 먼저 했다.

무공 수위가 낮을 때에는 도망치는 법을 배우는 것이 가장 좋다고 생각한 탓이다.

그러한 수련에서 얻게 되는 통찰력은 단지 도망치는 데에만 쓰이는 것이 아니다. 이렇게 공격하고 방어하는 순간에도 필요하다.

"공간 감각이라는 건 이런 때에 특히 중요하단다. 상대의 행동으로 인해서 나타난 허점이나 공간적인 이점 등을 그대로 내버려 두면 안 되지. 어떻게든 더 효율적으로 공격해야 한다. 그게 중요한 법이야."

"감사합니다, 스승님."

"그래, 계속 정진하거라. 궁리하는 것을 게을리하지 말고.

알았지?"

　"예!"

　"그래."

　장호는 이진의 우직한 모습에 잔잔하게 웃어 보였다.

第五章

내 나이가 이제 스물이구나

시간은 멈추지 못한다.

사실

약관(弱冠).

이십 세가 되면 약관이라고 부른다.

이는 관례를 치러 성인이 된다는 뜻으로, 대부분 스무 살 즈음해서 성혼을 하거나 하급 관리가 되기 때문에 나온 말이다.

물론 말이 그렇다는 것이지 실제로 사람들이 약관의 나이에 관인이 되거나 혼례를 치른다는 의미는 아니다.

어떤 이는 더 어릴 때 혼례를 하기도 하고, 어떤 이는 더 늦게 관인이 되기도 하지 않던가?

여하튼 대부분의 사람이 관심을 가지지도, 그리고 제대로 알지도 못했지만 장호의 나이도 이제 약관이 되었다.

생일날에는 누구에게도 알리지 않고 조촐하게 장호의 형 장삼과 단둘이 식사를 했다.

약관이 된 장호에게는 몇 가지 변화가 있었다.

이십만 명에 달하는 소작농을 거느리게 되었고, 람현과 태원의 인근 땅 대부분이 장호의 것이 되어 있었다.

천이백 명이었던 선외단은 천오백 명으로 늘어났고, 보의 단원의 수도 이백여 명으로 늘어났다.

총합 천칠백 명의 무인이 장호의 휘하에 집결해 있는 상태.

거기다가 장호의 의학적인 지식과 합하여 만들어진 체계적인 수련법에 의해서 절정고수만 무려 여덟 명으로 늘어났다.

그뿐인가?

도합 천칠백 명의 무인 중에서 일류무인의 수만 무려 육백여 명에 달했고, 나머지 천백 명은 모두 이류무인 중에서도 상급으로 칠 만한 자가 되었다.

장호가 전생한 지 정확히 팔 년째.

이제는 명문대파에서도 쉽게 생각할 수 없는 거대한 세력을 일군 믿을 수 없는 위업을 달성한 것이다.

물론 이렇게 된 것에는 이유가 있었다.

장호의 의술, 그리고 장호의 경험.

이 두 가지가 있었기에 이렇게 거대한 세력을 만들어낸 것이다.

다만 아직 문파를 운영하는 인력은 부족한 형편이고, 상재를 가지고 있는 인물은 여전히 영입하지 못했다.

빠르게 거대해졌기에 생기는 내적 인재 부족은 의선문의 가장 큰 문제였다.

때문에 장호는 더 이상 인원을 늘리지 않기로 했다.

본래는 삼십만 명을 예상한 소작농이지만, 우선은 여기서 멈추기로 했다.

현재 한 달에 벌어들이는 수익이 람현과 태원, 그리고 외부로 팔려 나가는 각종 단약으로 인하여 무려 한 달에 금자 삼만 냥이나 된다.

물론 천칠백 명의 무인과 백육십여 명으로 늘어난 의원, 거기에 더해서 각종 인부와 하인들을 포함한 이백여 명의 인원에게 들어가는 돈이 꽤 되기는 했다.

하지만 그래 봤자 금자로 칠천 냥이 조금 안 되었다.

여기저기 운영비와 관리들에게 뇌물을 주는 것으로 금자 삼천 냥을 쓰고 나도 남는 돈이 무려 금자 이만 냥이나 되었다.

진짜 어마어마한 돈이다.

현재 장호의 수중에 있는 돈만 해도 무려 금자 이십오만 냥.

사실 더 많이 있어야 하지만 황무지를 구입하고, 개간 작업을 하고, 고용한 소작농들을 위한 주거지를 만드는 데 돈이 제법 들었다.

여하튼 금자 이십오만 냥이면 무시무시한 돈이라고 할 수 있었다.

이 정도면 사실 태원을 포함하여 인근의 대도시 몇 개를 동시에 살 수도 있는 돈이기 때문이다.

물론 장호가 무서운 기세로 부자가 되고 있기는 하지만, 이 정도의 재산으로 산서성 제일부호라고 하기에는 사실 어폐가 있었다.

수십 년간 부를 축적해 온 가문들의 경우 장호보다 더한 금력을 가지고 있을 테니까.

하지만 지금 당장은 의선문의 독주를 막을 존재가 없기는 했다.

의약업계에서 장호는 독보적인 존재였고, 장호의 선문의방은 태원지부와 람현지부에서 성업 중이었다.

장호는 단지 진료뿐만이 아니라 약도 만들어 팔았고, 사실이 약을 만들어 파는 쪽이 더욱 큰돈이 되는 중이다.

선문의방에서는 감기약, 배탈약, 찰과상에 쓰는 금창약 세

가지를 만들어 팔았는데, 이게 기가 막힌 효능을 가지고 있었다.

노강환의 명성과 함께 이 세 가지 약은 산서성 전역에 불티나게 팔려 나가고 있었다.

한 달에 판매되는 약의 수가 무려 십만 개가 넘으니 말을 다 한 셈이 아닐까?

가격도 다른 약에 비해서 삼분지 일에 불과해서 더더욱 잘 팔리고 있는 중이기도 했다.

여하튼 장호는 이미 산서성 의약업계의 큰손이었다.

넘쳐나는 자금으로 다른 지역에도 선문의방의 분점을 늘리고 판매되는 약의 종류를 늘려서 장사를 시작하면 산서성 전역의 의약업계 종사자는 전부 문을 닫아야 할 판인 것이다.

여하튼 장호의 세력은 꾸준히 강해지고 있었다. 이대로 시간만 끌어도 더더욱 강해질 터이다.

그러나 여기서 만족할 수는 없었다.

돈이 남아돌기 때문이다.

남은 돈을 적절히 투자한다면 세력을 더 불릴 수가 있다.

하지만 총관인 유병건의 말대로 상재가 있는 이를 영입하지 않으면 더 이상의 세력 확장은 무리였다.

소작농을 부리는 것은 관료를 희망하던 학사들을 대량으로 고용하면서 해결을 보았지만, 돈을 투자하는 것은 전혀 다른 문제였다.

이렇게 번 돈을 전부 농지에 투자할까, 아니면 다른 방법을 써야 할까?

장호는 최근 이 문제에 대해서 고민하고 있었다.

내내 고민하던 장호는 이 문제는 좀 더 두고 보기로 하고, 일단 짐을 꾸렸다.

세력이 꽤나 단단히 다져졌으니 이제는 미루어두었던 일을 해야 할 때였다.

*   *   *

"외유를 떠나신다는 말씀입니까?"

"그렇습니다. 꼭 해야 할 일이 있거든요."

"꼭 해야 할 일이라고 하시면……."

"영약을 채집하러 갈 겁니다."

정확히는 영약이 아니고 영물이다.

그러나 장호는 어차피 그게 그거라는 생각에 자세한 설명을 하지는 않았다.

곧 사람을 해치고 다닐 흑호가 살고 있는 곳을 알고 있다고 하면 미친놈 취급을 받지 않겠는가?

"으음. 최근에는 방 내의 일이 안정되긴 했습니다만, 얼마나 외유를 하실 생각이시온지요?"

"석 달 정도 걸릴 겁니다. 광동성에 영약이 있다는 이야기를 스승님께 전해 들었거든요."

"문주님, 그러시다면 호위로는 누구를 데려가시겠습니까?"

옆에서 듣고 있던 사마충이 물어오자 그 옆에 선 칠검진인도 그 말에 호응했다.

"광동성이면 흑사칠문의 하나가 자리한 곳이 아닙니까? 꼭 호위를 데리고 가셔야 합니다."

으음, 역시인가.

장호는 사실 혼자 가고 싶었지만, 보의단주와 선외단주가 필사적으로 말렸다.

장호는 한숨을 내쉬고 어쩔 수 없이 몇 명을 데리고 가기로 했다.

"좋습니다. 그렇다면 강호 경험이 많은 이들이 좋겠군요. 새롭게 보의단원이 된 세 명을 데리고 가죠."

"누구를 데려가시겠습니까?"

"비검랑, 혈랑도, 궁귀를 데려가겠습니다."

비검랑과 혈랑도는 본래 선외단에 속했다가 보의단으로 자리를 옮긴 이들이다.

선외단은 일종의 고용 무사와 같고, 보의단은 의선문의 정식문도라는 직책의 차이가 있다.

궁귀는 애초에 보의단원으로 맞이한 사마충의 동료 중 한 명으로 궁술이 기가 막히게 뛰어난 인물이다.

"그럼 그렇게 준비하겠습니다."

그 이후에도 장호가 자리를 비운 동안의 의선문과 선문의방의 운영에 대해서 세세하게 논의하였다.

선문의방의 경비 임무에만 선외단 육백여 명이 차출되기로 하였고, 남은 사백여 명은 소작농의 마을을 돌며 치안을 유지하기로 했다.

장호가 도찰원 감찰어사의 직위를 가지고 있기 때문에 이십만 명이 살고 있는 새롭게 조성된 마을들에 배정된 현령들은 모두 부정을 일삼지 못하는 중이다.

왜냐하면 땅의 주인이 바로 장호이고, 소작농들에게 수작을 부리다가 장호에게 밀고라도 하는 날에는 파직이 아니라 목이 달아날 판이기 때문이다.

이래서 권력이 좋다고 하는 것이다.

여하튼 장호는 그렇게 여러 가지 일을 처리하고는 여행을 떠나기로 했다.

목표는 바로 흑호의 내단.

물론 다른 이들에게는 영약 재료를 찾으러 간다고 말한 상태이다.

　　　　*　　　　*　　　　*

　장호는 초절정의 고수 중에서도 상급에 해당할 정도로 고강한 힘을 지녔다.

　이유는 세 가지.

　정순하기로는 천하에서 짝을 찾아보기 어려울 정도의 내공인 선천의선강기를 무려 이 갑자 가까이 모았다는 것이 첫째 이유이다.

　내가중수법으로 사용할 경우 상대에게 크나큰 피해를 강요하는 정순한 내공!

　두 번째 이유는 바로 선천의선강기의 특징에 있다.

　선천진기에 가장 가까운 내가진기는 육체에 어마어마한 영향을 끼친다.

　때문에 장호는 겉으로는 조금 키가 큰 훤칠한 청년처럼 보이는 몸이지만, 그럼에도 불구하고 천생 신력을 타고난 이들과 같은 괴력과 번개 같은 반사신경을 가지게 되었다는 점이다.

　즉, 육신의 능력이 다른 이들과는 비교도 안 되었다.

　세 번째 이유는 바로 장호의 풍부한 경험이다.

　전생과 현생을 통틀어 여러 경험을 많이 한 장호는 실제 전투에서 상당히 강인한 면모를 보여준다.

골방에 틀어박혀서 초절정의 경지까지 무난하게 올라간 샌님들과는 그 시작부터가 다르다고 할 수 있었다.

그렇게 보면 장호도 참 독한 사람이기는 했다.

예전에 언급했듯이 노력이라는 것은 보통의 의지로는 할 수 없다.

절정무공을 얻었다고 해서 절정의 경지에 오를 수 있다고 생각하면 큰 오산이다.

체계적인 수련법도 문제지만, 본인의 의지와 그 스스로가 살아가는 환경이 큰 문제였다.

하루 먹고살기 어려운데 수련을 계속 이어나갈 수 있는 이가 대체 몇이나 되겠는가?

그러나 전생의 장호는 그런 일을 해냈다.

그리고 지금의 장호도 그런 일을 하고 있었다.

물론 스승인 진서가 장호에게 내공을 전수해 주고 귀천했기에 이렇게 빠르게 초절정의 경지에 들어선 것인 것도 맞다.

그러나 사실 그러지 않았어도 초절정고수가 되었을 터였다.

여하튼 장호는 그만큼 강했고, 그 육신은 견고하게 완성되어 있었다.

그렇기에 장호에게 말을 타는 일은 그리 어려운 일이 아니었다.

말과 하나가 되는 그러한 경지까지 간 것은 아니지만, 적어도 상급의 기마술을 익혔다고 보아야 했다.

그러나 장호와 같이 여행하기로 한 세 명 중 두 명은 그렇지 않았다.

비검랑, 혈랑도.

이 둘은 말을 탈 줄은 알지만 제대로 말을 타고 다닌 적이 거의 없었다.

의선문에 들어와서 기마술을 수련하고 연습했지만, 아직은 그리 뛰어나다고 할 수는 없는 상황.

그런데 장호와 같이 말을 달리니 뛰어나지 않은 기마술이 문제가 되었다.

"문, 문주님, 조금 쉬었다 가면 안 될까요?"

비검랑이 우는소리를 한다.

이미 그녀의 엉덩이는 탱탱 부어 있는 상태나 다름없었다.

강호의 낭인들에게 마녀라는 소리까지 듣던 앙칼진 그녀였다.

그런데 지금은 마치 잘 길든 고양이처럼 나긋나긋하게 애교까지 부린다.

그녀의 예전 모습을 아는 이들이 본다면 기함을 할 모습이다.

장호는 그런 그녀의 말에 피식 웃고는 고개를 끄덕였다.

"여기서 쉬겠다."

히히힝!

말들이 천천히 속도를 줄였고, 그들은 관도의 한쪽으로 물러났다.

허허벌판에 만들어진 길이라서 그런지 주변에는 풀이 조금 자란 황량한 땅뿐이다.

탕탕!

혈랑도 해천수가 말을 묶어둘 말뚝을 박았고, 비검랑은 얼른 말에서 내리더니 엉덩이를 쓰다듬으며 울상을 짓고 있다.

궁귀 수형은 막사를 칠 준비를 하기 시작했다.

봄이라고는 하지만 날이 춥기 때문에 제대로 방한 대책을 하지 않으면 심한 감기에 걸릴 수도 있기 때문이다.

장호는 그런 그들의 모습을 물끄러미 바라보았다.

옛날이라면 스스로 했겠지만, 지금은 문주라는 신분을 가지고 있으니 이런 일까지 전부 같이할 수는 없었다.

그래도 요리만큼은 장호의 몫이다.

그것은 장호만큼 요리를 잘하는 사람이 없기 때문에 결정한 일이었다.

"비검랑, 그만 울상 짓고 일이나 도와."

해천수의 말에도 비검랑 조수연은 여전히 울상을 짓고 있다.

"조, 조금 있다가 하면 안 될까? 나 지금 상태가 안 좋은데……."

"후우, 그러게 내가 평소 기마술 연습을 하라고 하지 않았나?'

"이, 이럴 줄은 몰랐지."

대략 두 시진 동안 말을 타고 달렸다.

이쯤 되면 기마술이 별로인 사람은 엉덩이가 버텨낼 수가 없게 된다.

사실 엉덩이가 아픈 것은 혈랑도 해천수도 마찬가지다. 그러나 그는 애써 아픔을 참아 누르고 있었다.

장호는 두 사람을 보면서 피식 웃었다.

냉막한 표정을 하고 있는 혈랑도는 의외로 잔정이 많았다.

표독하다고 알려진 비검랑은 애교도 많은데다 성격이 털털해서 꽤나 매력적이다.

도리어 궁귀 수형이 외모는 평이하지만 말이 없고 묵직한 무게감을 자아내었다.

군에 있을 적에 저격병으로 활약했다고 하는데, 그에게도 좋지 않은 과거가 있는 모양이다.

게다가 그는 가족도 없었다.

낭인으로 떠돌다가 사마충이 그를 구해준 적이 있고, 그도 군 출신 낭인이라는 점 때문에 사마충과 같이 행동을 해왔다고 하던가?

속내를 알기 어렵지만, 그래도 신의는 있어 보이는 인물 같았다.

탕탕!

막사를 다 치고 일행이 불을 피울 만한 풀이나 나뭇조각을 주워 왔다.

장호는 그걸로 불을 지피고서 요리를 시작했다. 금세 좋은 향기가 퍼져 나왔다.

장호의 요리는 전생에 배운 것이고 현생에서는 따로 배운 적이 없다.

그래도 어지간한 숙수 저리 가라 할 정도이다.

그도 그럴 것이, 명진서의 객잔 숙수의 솜씨가 뛰어났기 때문이다.

지금 와서 생각해 보면 명진서도 무공을 숨긴 고수라는 것을 알 수 있었다.

적어도 초절정의 경지.

그가 왜 객잔을 하면서 여생을 보냈는지는 장호도 알 수 없으나 아마도 스승인 진서 때문이리라고 추측할 수 있었다.

이름조차도 명진서가 아닌가?

가명이 분명했다.

"히야, 문주님은 어떻게 이렇게 요리를 잘하시는 거죠?"

"어릴 적에 점소이로 일했으니까. 그러는 조 소저는 왜 요리를 못하나?"

"여자라고 요리 잘해야 한다는 법 있나요? 칼질하기도 바쁜데."

"쯧쯧. 제대로 결혼하기는 글렀군."

"냅둬요. 그러는 문주님은 장가 안 가요? 듣기로 아직 젊다고 하시던데."

"글쎄, 아직 생각이 없어서."

비검랑은 애초에 낭인이라 그런지 예의가 별로 없었다.

그러나 사람이 나쁘지 않았기 때문에 장호는 개의치 않았다.

그리고 결국 이렇게 허물없는 사이가 된 것이다.

"문주님은 보면 참 이상하단 말이죠. 여자에게 관심도 없고… 소작농을 고용하는 걸 보면 협의지심이 강한 것은 알겠는데……."

"그게 나란 사람이지. 그나저나 이거나 발라."

장호는 약을 하나 던져 주었다. 찐득찐득한 고약이다.

"이건 뭐예요?"

"금창약의 일종. 그렇게 부은 데 좋으니까 엉덩이에 잘 바르도록 해."

"에엑! 아녀자에게 할 소리예요?"

"여기에 아녀자가 있었나?"

"풉!"

혈랑도의 냉막한 표정이 이상하게 변해 버렸다.

"이씨……."

비검랑이 도끼눈을 뜨면서 혈랑도를 노려보았다.

아무리 허물없다고는 해도 상사인 문주에게 대들기에는 애매한 탓이다.

물론 이것은 보통 문파라면 있을 수 없는 일이지만, 애초에 이들의 관계는 고용 관계에서 시작했기 때문에 가능한 것이다.

비검랑과 해랑도의 경우 보의단원이 되고 정식 문도가 되기는 했다.

그러나 사실 위계상으로는 붕 떠버린 사람들이다.

현재 의선문의 정식 위계에서 문주인 장호가 일대제자로 취급된다.

그리고 이연과 이진이 이대제자로 되어 있다.

왜냐하면 장호의 위로는 사승상 아무도 없기 때문이다.

보의단원은 정식 문도가 되었고, 위계상 이대제자로 취급되고 있다.

하지만 이들이 제자를 들인다고 해도 의선문의 삼대제자로 취급되지는 않는다.

이들은 의선문의 정수를 익히지 못했기 때문이다.

물론 이들의 자식, 혹은 친척 중에서 어린 사람들은 십 년 후쯤 삼대제자로 받아들일 수 있다.

그때부터가 의선문이 정식적인 문파로서 활동하게 된다고 볼 수 있었다.

사실 지금의 의선문은 일반적인 문파와는 다른, 꽤나 기형적인 구조의 문파였다.

"그런데 문주님, 궁금한게 정말 영약이라는 게 있긴 있는 건가요?"

"있지, 왜 없어? 명문대파들이 가진 영단이 다 그런 영약으로 만든 건데. 사실 만년삼왕 같은 건 없지만, 적어도 천년삼 같은 것은 가끔 나오거든."

"오, 천년삼! 그거 먹으면 정말 내공이 일 갑자로 늘어나요?"

"아니. 그걸 그냥 먹으면 한 반 갑자 정도 생길걸? 대신 몸은 엄청나게 건강해지겠지."

"애계, 천 년이나 묵은 삼인데 반 갑자밖에 안 돼요?"

"사실 천년삼이라고 나오는 것들이 진짜 천년삼은 아니거든. 대충 수령이 오백쯤 된 것들이 천년삼이라고 나오는 거니까. 천 년을 묵은 삼이 있기나 하겠어?"

장호의 말에 따르면 천년삼이라고 나오는 것들이 사실 오백 년에서 칠백 년을 묵은 것이라는 것이다.

사실 그것만 해도 보통 물건은 아니다. 그런데도 그런 것을 먹어봤자 반 갑자란다.

"약효를 제대로 보려면 법제를 잘해야 하는 법이지. 그리고 그런 체계적인 연구를 오랫동안 한 곳에서만이 제대로 약효를 살릴 수 있으니까. 천년삼이라고 나오는 것을 제대로 법제해서 만드는 영단 정도는 되어야 일 갑자의 공력을 얻을 수 있다."

이어지는 장호의 말에 모두가 과연 그렇구나 하는 표정이 되었다.

"그런데 그건 왜 묻나?"

"문주님께서 지금 영약을 채집하러 가시니까 그렇죠. 그게 어떤 건지 알 수 있을까요?"

"흠, 버섯에 대해서 조금 알아?"

"버섯이요?"

"그래, 버섯."

"그냥 먹기만 해서……."

비검랑의 말에 장호가 그럼 그렇지 하면서 웃었다. 그리고 비검랑의 묘하게 귀여운 얼굴이 새빨개졌다.

"자네들도 이제는 의선문의 문인이네. 의선문이 비록 세력을 확장하여 무문으로 발돋움하고 있지만 그 근본은 의가라는 것을 잊어서는 안 되지. 그러니 모두 기초적인 의술 공부는 하도록 하게. 아니지, 이거 돌아가면 의술 공부를 의무화해야겠군."

장호의 말에 비검랑의 표정이 새파래졌다. 공부는 그녀의 적성에 맞지 않는 것이다.

"여하튼 버섯은 숲의 고기라고 불리는 아주 영양 만점의 식재료이면서 약재이기도 하네. 그중에서도 동충하초와 영지 같은 버섯은 대단한 효험을 지녔지."

동충하초(冬蟲夏草),

봄에는 벌레이다가 여름에는 풀이 된다는 뜻이다.

버섯의 일종인 이 동충하초는 본래는 살아 있는 곤충이나 작은 동물에 기생한다.

그러다 그 숙주가 죽으면 그 시체를 발판 삼아 자라나는 녀석이다.

어떻게 보면 끔찍하다고도 할 수 있는 버섯이지만, 대단히

내 나이가 이제 스물이구나 121

약효가 좋다.

게다가 살아 있는 곤충에 기생하였다가 자라나는 녀석이기 때문에 채집하기가 제법 까다롭다.

장호가 전생에 들은 바에 따르면 남쪽의 비단을 만드는 지역에서 누에에게 동충하초를 기생시켜서 동충하초 양식을 했다고 한다.

애초에 비단을 누에의 고치실에서 뽑아내니 일석이조인 셈이다.

물론 이야기만 들었을 뿐 전생에 그에 대해서 확인해 본 적은 없다.

"스승님께서 광동성에 대단한 동충하초가 자라고 있는 것을 발견하신 적이 있다고 하셨지. 그걸 채집하러 가는 거야. 만약 누군가 채집했다면 어쩔 수 없지만."

"동충하초가 뭔데요?"

비검랑의 질문에 장호가 동충하초에 대해서 설명해 주었다.

다들 조금 질린 표정이 되었다.

"세상은 참 신기하네요."

"그런 셈이지."

"그러면 그 동충하초를 채집하고 돌아가는 건가요?"

"그러면서 의서도 좀 구입하면 좋지 않을까 싶어서."

"그거 좋네요."

"그런가?"

"네."

그렇게 두런두런 식사가 끝났다. 일행은 내일을 위해서 정리하고 잠을 청하기로 했다.

第六章

흑호가 아니고 회호네?

호환마마는 예로부터 무서운 재앙으로 불렸다.

옛날이야기

의원귀환

광동성.

여기에는 흑사칠문 중 하나가 자리하고 있다.

바로 해사방이다.

해사방이 뭐 하는 방파냐?

바로 밀무역과 해적질을 주업으로 하는 방파이다. 방도 수가 무려 오천여 명이나 되는데다 이들 대부분이 거칠고 강인한 해적이었다.

게다가 해사방도들은 국적도 다양했다.

서쪽의 나라인 포두아의 적안 금발의 괴상한 놈들에서부

터 왜국의 잡놈들, 심지어는 동이의 양반 출신이라는 작자까지 해도방의 방도로 있었다.

이런저런 잡다한 작자들이 해적으로 살아가는 방파가 바로 해도방이다.

해도방은 서역에서 들여왔다는 먼 바다까지 항해가 가능한 군선을 네 척이나 보유한데다 대포와 화약까지 가진 놈들이다.

이 정도면 역도로 몰아서 토벌을 해야 할 판이지만, 부정부패가 극에 달한 명나라의 지방절도사들은 도리어 이 해도방에게 납죽 엎드리는 형편이었다.

덕분에 해도방은 광동성을 손아귀에 넣고 주물럭거리고 있었다.

해도방을 통해 아편 같은 마약이 급속도로 보급되었으며, 광동성의 백성들은 두 배로 착취당했다.

그나마 광동성의 북부 지역은 좀 나았다. 바다와 멀고 내륙 지방이니까.

하지만 광동성의 해안 지방은 그야말로 무법천지나 다름없었다.

과거 그런 광동성에 흑호가 나타났을 때 그 피해는 이루 말할 수 없을 지경이었다.

거기다가 흑호는 사람을 먹을수록 강해졌다.

어떻게 그렇게 된 것인지는 모르지만, 어쨌든 현상이 그러했다.

결국 흑호가 죽인 사람의 수만 거의 오천여 명이 넘어갔을 때야 겨우 퇴치되었다.

장호는 그 흑호의 발원지가 어디인지 잘 알고 있다.

"어디 보자."

장호가 있는 곳은? 높다란 산의 봉우리. 광동성에 위치한 도요산이다.

이 산은 제법 깊고 커서 이 근처에는 맹수가 많이 살았다.

그런 장호의 옆에는 궁귀, 혈랑도, 비검랑이 같이하고 있었다.

"여기인가요?"

"내가 알기로는. 하지만 찾으려면 시간이 좀 걸리겠는걸."

동충하초 이야기는 뻥.

사실은 흑호를 잡으러 온 것이다.

그러나 이놈의 호랑이를 꾀어낼 방도가 필요했다. 물론 오기 전에 방도를 생각해 놓은 것이 있다.

바로 영역 표시이다.

호랑이는 산군이라고도 불리며 맹수의 왕이나 다름없다.

이 도요산의 최상위 포식자인 호랑이는 자신의 경쟁자가

나타나면 사냥하려 들 것이 뻔했다.

그렇기에 장호는 여기저기에 영역 표시를 하고 동물들을 조금 과하게 사냥할 생각을 하고 있었다.

또한 호랑이 특유의 냄새가 나면 그를 따라갈 생각도 있었다.

장호의 육신은 이미 강호인을 뛰어넘은 초인의 영역에 있기 때문에 후각도 보통의 인간이라기보다는 짐승에 가까웠다.

때문에 충분히 호랑이의 냄새를 추적할 수 있었다.

호랑이 같은 최상위 포식자는 자신의 향취를 숨기지 않는 것이 보통이니 더 쉬울 것이다.

흑호가 사람을 먹는 것에 대해선 어떤 이유가 있는지는 모른다.

그러나 한 가지, 그 흑호가 이 도요산 토박이라는 것은 알고 있다.

과거에 생생히 들었기 때문이다.

"그렇군요."

"그러면 일단 수색을 해보자."

장호는 일행을 이끌고 산으로 들어섰다.

그렇게 산을 뒤지고 다니기를 일주일.

흑호를 찾으러 어슬렁거리며 돌아다니다 보니 의외로 귀

한 약초를 많이 발견하게 되었다.

특히 백 년 정도 되어 보이는 산삼을 구한 것은 정말 의외의 일이었다.

이걸 잘 갈아서 다른 약재들과 배합하면 단번에 오 년 공력을 얻을 수 있는 영단 하나를 제조할 수 있었다.

"횡재했는데!"

장호가 산삼을 조심조심 들어 올리며 말했다.

"이, 이게 말로만 듣던 산삼인가요?"

"그래. 이게 바로 산삼이지. 향기 좀 맡아볼래?"

"무, 물론이죠!"

그러더니 코를 대고 킁킁거리는 비검랑.

"히야! 이거 참 쌉싸름한 것이……."

"이것만 해도 부르는 것이 값이야. 금자로 천 냥도 더 넘게 받을 수 있을걸?"

"진짜요?"

"그럼. 이거야말로 진짜 보양제니까. 부호들은 없어서 못 먹지."

"이야!"

비검랑이 입을 딱 벌리며 놀라워했고, 혈랑도 역시 냉막한 표정이지만 적지 않게 놀란 듯했다.

오로지 궁귀만이 무심하고 묵묵한 표정을 하고 있다.

그런 일행을 보면서 장호는 다시 한마디 했다.

"그래도 과한 가격이긴 하지. 사실 금자 천 냥이면 천여 명이 일 년간 먹을 수 있는 내공 증진 보조제를 만들 수 있는 돈이니까."

먹으면서 내공수련을 할 경우 내공을 증진시키는 속도를 보조해 주는 약, 원접심공의 진기를 쌓는 속도를 무려 두 배나 높여주는 것이 바로 그러한 보조제다.

그런데 그 보조제를 천 명이 일 년간 먹을 양을 만들 수 있단다.

사실 천 명이 쌓을 수 있는 내공의 양은 혼자서 오 년치를 올리는 것보단 어마어마하게 많다고 할 수 있었다.

당연히 효율적으로 보면 영단 하나보다 천여 명이 먹을 내공 증진 보조제가 더 낫다.

하지만 역시 세상은 희귀한 것을 가치 있게 여기지 않던가.

더구나 희귀한 것을 찾는 소수에 부가 집중된 현실이다.

그래서 이 백년삼이 그렇게 귀한 취급을 받는 것이다.

"그게 부자들 생각인 거야. 평소에 잘하지, 꼭 그렇게 비싼 걸 먹으려고 아등바등하는 건지……."

"그러네요."

"여하튼… 흠, 이건 호랑이 발톱인데?"

장호의 말에 일행 모두가 장호가 바라보는 나무를 바라보았다.

거기에는 확실히 큰 발톱 자국이 나 있다.

"범이 맞습니다, 문주님."

그때다. 내내 조용하던 궁귀가 조용히 말했다.

"호랑이에 대해서 좀 아나?"

"예."

"추적할 수 있겠어?"

"흔적이 오래되어 불가능합니다."

"그래?"

흔적이 오래되었다… 그렇다면 이 흑호가 꽤나 느긋하게 돌아다닌다는 말이다.

장호는 일단 발톱이 있는 곳으로 가서 코를 킁킁거렸다.

몇 가지 향기가 그의 콧속으로 들어왔다.

"일단 계속 가보지. 호랑이 따위는 어차피 상대가 안 되니까."

장호는 그렇게 말하고 일행을 데리고 계속 산의 안쪽으로 들어섰다.

*　　*　　*

산을 뒤진 지 일주일이 흘렀다.

장호도 슬슬 흑호가 이 산에 없는 건 아닐까 하고 고민하게 되었다.

그러나 예상외의 소득은 있었다.

일전에 캐낸 백년삼도 그렇지만, 계곡 쪽에서 적어도 오십 년은 되어 보이는 하수오를 찾아낸 것이다.

맑은 물이 있는 장소에서만 자라는 하수오는 제법 유명한 약재 중 하나이다.

최근에는 양식이 많아졌는데, 이런 자연산의 경우 그 약효가 더욱 뛰어났다.

이 오십 년 묵은 하수오만 해도 금자로 백 냥은 하는 녀석이고, 구하기가 그렇게 쉬운 녀석이 아니다.

그뿐이 아니다.

수령이 이백 년은 되어 보이는 무시무시하게 거대한 영지까지 발견했다.

이 영지를 사용하면 적어도 십 년의 공력을 얻을 수 있는 영단을 만들 수 있을 것이다.

장호가 호언장담하던 동충하초와 거의 동급의 영약을 얻은 셈이다.

"문주님, 동충하초가 맞아요? 영지가 아니고?"

"이건 나도 예상외야."

"그, 그래요? 그럼 동충하초도?"

"있을 거야. 스승님이 말씀하시기를 동물 시체가 모이는 곳에 있다고 하셨거든."

물론 이 말은 지어낸 것이다.

"히야! 이백 년짜리 영지라니… 이게 어마어마한 거네요?"

"어마어마하기는 하지. 이건 금자로 못해도 오천 냥은 줘야 할걸."

"이야! 엄청나네요!"

비검랑은 영지를 보면서 놀라워했고, 그것은 혈랑도 역시 마찬가지였다. 심지어 평소 무심한 편인 궁귀도 똑같았다.

"일단 조심조심 챙기고… 어?"

장호가 일행에게 말을 하던 중 갑자기 맡아지는 비릿한 향기에 고개를 홱 돌렸다.

흑호의 향취다!

장호가 고개를 돌리고 한쪽을 바라보며 킁킁거렸다.

"문주님?"

"호랑이다."

"네?"

"이 도요산의 산주가 나타났다고. 모두 준비해."

장호의 말에 궁귀가 굳은 표정을 지었다. 그러더니 장호가 고개를 향한 곳의 반대 방향에 가서 서서는 활을 꺼내어 들었다.

혈랑도와 비검랑은 장호의 좌우로 약 열 보 정도 떨어진 장소에 섰다.

미리 이야기해 놓은 진형이다.

부스럭부스럭.

수풀을 헤치고 집채만 한 크기의 호랑이가 어슬렁거리면서 나타났다.

호랑이는 아주 느긋하고 품위가 넘쳤다.

그런데 색깔이 검지가 않다.

회색이다.

이건 흑호가 아니고 회호(灰虎)라고 불러야 마땅할 놈이었다.

저거 아직 다 안 컸나?

장호는 속으로 혀를 찼다.

그래도 어쩔 수 없었다. 이왕 온 김에 저놈이라도 잡아가야 했다.

듣기로 흑호의 내단을 먹고 일 갑자의 공력을 얻었다고 했다.

저 정도면 일 갑자는 아니더라도 대략 반 갑자에서 사십 년 정도의 공력은 얻을 수 있을 것이다.

그 정도면 된 거다.

그렇지 않아도 이백 년 영지와 백년삼을 얻었으니 잘 조합하면 일 갑자의 공력을 얻을 영단을 만들 수 있을 것이다.

"회색 호랑이?"

"보통 놈이 아닌 듯합니다, 문주님."

비검랑과 혈랑도가 각기 병기를 쥐면서 말했다.

장호도 고개를 끄덕였다.

척 봐도 보통 호랑이는 아니다.

백호라고 하면 영물 중의 영물이다. 그런데 이놈은 털이 회색이다.

반쯤은 영물이라고 보아야 했다.

게다가 나중에 털이 검어지니 보통 호랑이라고 생각해서는 큰코다친다.

이놈이 완전히 털이 검을 적에는 검기가 전혀 통하지 않았다고 했다.

지금은 어떨까?

아직 털이 회색인 것을 보니 검기가 충분히 통할 것으로 보인다.

아니, 사실 안 통해도 상관없다.

장호의 선천의선강기는 환자에게는 극상의 진기요, 적에게는 지옥의 흉기였다.

그것을 내가중수법으로 밀어 넣으면 제아무리 흑호라고 해도 배겨낼 수가 없을 테니까.

게다가 지금의 장호는 근력이 천하장사나 다름없고, 그 오감은 초인의 수준에 이르렀다.

사실 흑호와 힘 싸움을 해도 이길 수 있다고 자신할 만한 상태인 것이다.

"너희들은 나서지 말고 주변에서 저놈이 도망 못 가게만 해."

"문주님께서 직접 잡을 생각이십니까?"

"그러려고."

스으윽.

장호가 기세를 살짝 피워 올렸다.

그러자 느긋하게 걸어오던 회색 털의 호랑이가 장호에게 시선을 던진다.

장호의 기세가 꽤나 매서웠기 때문.

하지만 아직 장호는 자신의 기운을 모두 보인 것이 아니다.

호랑이가 혹시 도망갈까 염려되었기 때문이다.

크르르르!

회호가 낮게 소리를 내면서 눈을 빛내고 사냥의 자세에 들어갔다.

장호가 그런 회호를 보고 씨익 웃으며 검 한 자루를 꺼내어 들고 자세를 잡았다.

육벽권검의 자세다.

그리고 그 순간이었다.

크와아앙!

회색 털의 호랑이가 그 거대한 덩치로 화살처럼 달려들었다.

*   *   *

회색 털은 윤기로 반짝거리고, 그 털의 주인은 집채만 한 거대한 몸을 가졌다.

그런 거구의 형체가 마치 벼락과도 같이 날아오는 것은 확실히 어마어마한 압력을 주었다.

그러나 그런 압력에도 장호는 빙그레 웃으며 상대를 보고 있었다.

왜 그럴까?

그것은 회색 털의 주인이 너무 느려 보였기 때문이다.

일격에 태산도 무너뜨릴 것 같은 거력이 실린 앞발이 분명했다.

하지만 장호는 저 날카로운 발톱과 단단한 발을 아무 피해 없이 받아낼 수 있을 거라고 생각했다.

위웅!

선천의선강기가 기맥을 타고 흐르며 그의 전신에 고르게 퍼져 나갔다.

그리고 동시에 장호의 손이 정확하게 회호의 거대한 앞발과 충돌했다.

그것은 무의 이치를 조금도 섞지 않은 힘과 힘의 충돌이었다.

콰아아앙!

큰 폭음이 장호의 손과 거대한 회호의 앞발에서 울려 퍼졌다.

본래 호랑이의 일격은 두툼한 강철판도 단번에 우그러뜨린다고 한다.

영물에 이른 회호의 일격은 만년한철로 만든 도검도 수수깡처럼 부서뜨릴 수 있는 위력을 지녔다.

그런데 장호의 손은 멀쩡했다.

다만 평소와는 다르게 조금 근육이 부풀어 올라 있을 뿐이다.

힘과 힘의 맞대결!

그 대결에서 장호는 조금도 밀리지 않은 것이다.

"어이쿠! 이거 힘이 강한 고양이군."

장호는 그렇게 말하고는 땅에 내려서서 무서운 기세를 내뿜기 시작한 회호를 보며 웃어 보였다.

회호는 눈앞의 존재가 단순히 조금 강한 사냥감이 아님을 알아차린 듯했다.

이번에는 장호가 먼저 움직였다.

쿵! 쿵!

바닥에 큰 족적을 남길 정도의 힘을 사용하며 앞으로 나아간 장호가 검을 찔러 넣었다.

검에는 검기가 맺혀 있었는데 그 위력이 심상치 않아 보였다.

빠름보다는 무거움을 담은 일검!

회호는 그 일격을 보고는 즉시 몸을 뒤로 움직였다.

고양이 특유의 본능에 따른 것이었고, 그다음 번개처럼 다시 튕겨 나와 장호를 덮쳤다.

장호는 그런 회호의 반응을 보며 마주 손을 뻗었다.

그리고 그것으로 끝이었다.

회호는 장호의 손에 맞더니 부르르 떨며 피를 토하고 쓰러져 버렸다.

"와아!"

모두가 그 모습을 어이없다는 듯 바라보았다.

아니, 그럴 수밖에 없었다.

아무리 내공이 고강하다고 해도 호랑이와 힘 대결을 해서 이길 줄이야!

"궁귀, 자네 호랑이 해체할 줄은 아나?"

그렇게 어이가 없어하는 일행을 두고 장호가 해맑게 미소 짓고 있었다.

*　　　*　　　*

"흑점주의 납치에 실패했다지?"

"그렇다더군."

"누가 우리의 일을 방해했다던가?"

"의선문의 후인이라던데……."

"의선문이면… 우리랑 남도 아닌 사이인데?"

"그래 봤자 교류가 끊어진 지 삼백 년도 더 넘었지."

"무위는 어떻다던가?"

"적어도 초절정."

"흐음. 조용히 처리하기에는 조금 어렵겠군."

"그놈을 보내자고."

"그놈을? 흠. 그놈이라면 깔끔하겠지."

"그럼 그렇게 하지."

어둠 속에서 어떤 결정이 내려졌다.

第七章

오늘도 보람차구나

하루의 일과를 마치면 보람찬 하루가 지난 것 같구나.

어떤 이의 노래

회호에게도 과연 내단이 있었다.

장호는 그것을 잘 보관해서 챙겼고, 회호의 나머지 부분도 따로 추렸다.

호골은 귀한 약재 중 하나이기 때문에 뼈까지 모두 추려야 했다.

그다음으로 호랑이 간과 염통도 귀한 약재이니 잘 말려서 챙겨 넣었다.

궁귀가 나서서 호랑이의 가죽을 벗겼다.

호랑이 고기는 모두 토막을 내서 즉석에서 일부를 구워 먹고 나머지 일부는 궁귀가 나서서 훈제를 했다.

훈제를 하면 적어도 한 달간은 끄떡없기 때문이다.

그렇게 훈제한 고기를 가지고 가서 나중에 팔아치우면 이게 또 큰돈이 된다.

호랑이 고기는 노린내가 심하지만, 향신료를 잘 버무리면 먹을 만한 고기가 된다.

게다가 호랑이의 고기는 맛으로 먹기보다는 보양식으로 먹기 때문에 비싸게 팔 수 있었다.

물론 일부는 일행이 구워 먹었다. 몸에 좋은 것이니 가릴 것이 있겠는가?

그렇게 회호 사냥을 끝낸 일행은 모두 즐거운 얼굴로 도요산을 내려올 수 있었다.

도요산을 내려온 일행은 인근에서 제법 큰 도시를 찾아가 호랑이의 고기를 팔아치웠지만 가죽은 팔지 않았다.

이유는 별게 아니다.

이게 검기를 견디는 가죽이기 때문이다.

잘 가공해서 가죽 갑옷으로 만들면 나중에 어지간한 공격은 다 막을 수 있는 물건이 바로 이 회호의 가죽이었다.

물론 회호가 이미 죽어버렸기 때문에 그 질김이 조금은 떨어지지만 전투 시에 진기를 살짝 불어 넣는 것만으로도 회호가 살아생전에 가지고 있던 방어력을 획득할 수 있을 것이다.

이 정도면 보물이라고 할 만했다.

단지 장식품 명목으로 팔아먹기에는 아까운 물건인 것이다.

그렇게 호랑이 고기를 팔아치우고 회호의 가죽을 둘둘 말아서 이동하던 장호의 일행 앞에 일단의 무리가 나타난 것은 어쩌면 필연일 수도 있었다.

"우리가 얕보이기는 했나 봐."

"여기가 흑사칠문의 영역이라서 그런 것도 있지 않을까요?"

"그런 것도 있겠지?"

장호와 비검랑은 자신들의 앞을 막아선 서른 정도의 무리를 보고 두런두런 말을 나누었다.

"좋은 말로 할 때 거기 여자랑 그 회색 호랑이 가죽을 넘긴다면 목숨만은 살려주마!"

얼굴에 칼자국 하나가 난 사내, 살도귀 손도라고 자기를 밝힌 자가 버럭 소리를 질렀다.

그는 아까 전에 말을 타고 달려와서는 길을 막아섰고, 지금은 말에서 내려 저리 호통을 치고 있는 중이다.

장호는 그에 대해서 몰랐지만, 혈랑도는 살도귀 손도가 누구인지 알고 있었다.

그가 낭인 일을 할 적에 몇 번 본 적이 있기 때문이다.

"문주님, 저자는 살도문의 문주입니다. 살도문은 소규모의 사파로 해도방의 심부름을 도맡아 하는 자들이죠."

"그래? 겨우 일류가 될까 말까 한 작자가 일문의 문주야?"

"역사는 십 년도 안 되었을 겁니다. 살도귀라는 저자는 그나마 봐줄 만하지만 그 밑에 있는 것들은 삼류도 안 되는 오합지졸이죠."

"참나, 얼마나 우습게 보였으면……."

혈랑도의 말에 장호는 혀를 찼다.

여기가 광동성이라서 장호의 명성이 퍼지지 않았을지도 모른다는 것 정도는 알고 있다.

하지만 저런 덜떨어진 작자들이 덤벼들 만한 인원은 절대로 아니었다.

물론 혈랑도나 비검랑 혼자서는 저들을 상대하기가 버겁다.

그러나 궁귀, 비검랑, 혈랑도, 이 셋이면 저들 서른 명 정도는 몰살시키는 것이 어렵지 않다.

혈랑도가 저 살도귀라는 어쭙잖은 놈을 맡고 있는 동안 다른 둘이 남은 떨거지를 정리하면 되니까.

아니, 애초에 장호 혼자 나서서 전부 몰살시켜도 상관은 없다.

초절정의 경지란 그런 것이다.

장호의 내공 역시 충만하기 이를 데 없다.

딱 봐도 저 살도귀라는 작자는 내공이 반 갑자도 안 되어 보인다.

그에 비하여 장호는 이 갑자에 가까운 내공을 가졌다. 이미 상대가 안 되는 것이다.

"이 새끼들이… 진짜 죽고 싶나?"

살도귀가 으르렁거리면서 살기를 피워 올렸다.

실제로 그는 사람 죽이기를 밥 먹듯이 하는 살인마이기도 했다.

그런 그의 성격이라면 진즉 공격하고도 남았지만, 상대가 얼마나 강한지 모르기에 이렇게 으르렁거리고 있는 것이다.

그러나 이 살도귀는 인내심이 그리 깊지 않았으며 성격이 포악해서 흥분 상태에 들어가면 앞뒤 가리지 않는 작자였다.

자신을 내버려 두고 이야기를 나누는 장호 일행의 행동에 그는 열이 받았다.

그리고 그것이 그의 실수였다.

"다 죽여 버려!"

그가 고함을 내질렀고, 그런 그들의 모습에 장호는 한숨을 내쉬었다.

"해천수는 나와 같이 앞으로 나서고, 조수연과 수형은 뒤에서 공격."

"존명."

"존명."

"존명."

세 사람이 대답과 동시에 움직였고, 장호가 전면으로 나섰다.

그리곤 발을 한 번 구르더니 단번에 오 장이나 되는 거리를 뛰어넘는 것이 아닌가?

장호가 전면에 서 있는 살도귀를 향해 주먹을 뻗으면서 다가가자 살도귀는 애병인 혈귀도라고 부르는 두툼한 칼을 꺼내어 전력으로 휘둘러 왔다.

카앙!

그런데 이게 웬일인가?

살도귀의 내력을 실은 두툼한 칼은 장호의 맨팔에 막혀서는 쇳소리를 내며 튕겨 나가고 말았다.

그걸 본 살도귀의 두 눈이 부릅떠지며 순식간에 안색이 새파래졌다.

X 됐다.

그의 머릿속에 든 생각은 그것일 것이다.

그러나 그가 무어라고 말하거나 행동하기도 전에 혈도귀의 도를 몸으로 받아내고서 안쪽으로 파고들어 온 장호의 손바닥이 먼저 그의 후두부에 바싹 다가와 있었다.

"잠……."

뭐라고 말을 하려는 그 순간,

장호의 장저가 그대로 그의 후두부를 강타, 순식간에 후두부를 파고든 장력에 그의 뇌는 으깨진 두부처럼 변해 버렸다.

"쿨럭!"

눈과 귀, 그리고 코와 입으로 피를 쏟으며 살도귀는 정말로 허망하게 죽어 나자빠졌다.

인근의 힘없는 백성을 괴롭히면서 적어도 수십여 명을 죽이고, 수백여 명을 병신으로 만든 악당의 최후치고는 지나치게 싱거웠다.

그러거나 말거나 장호는 관심도 없다는 듯이 바로 다음 상대를 바라보았다.

그들은 장호가 바라보자 몸을 움찔하며 떨었다.

그들은 사실 두목인 살도귀의 수발을 들며 먹고사는 조무래기다.

칼을 다룰 줄은 안다지만 그 무위는 형편없는 수준인 것이다.

다만 이 작자들도 살도귀만큼이나 쓰레기인 놈들이었다.

그건 장호도 잘 알고 있다.

어차피 내버려 둬봤자 세상에 해악밖에 끼칠 것이 없는 인생막장이 바로 저들이라는 것을 말이다.

그래서 장호는 딱히 자비를 보여줄 생각이 없었다.

텅!

장호가 다시금 앞으로 나아가자 그들은 마치 양 떼처럼 사방으로 도망가기 시작했다.

그러나 장호는 그들을 놓아줄 생각이 없었으므로 품에서 암기를 꺼내어 던졌다.

"도, 도망쳐라!"

"으악!"

퍽퍽!

장호뿐만이 아니다.

궁귀도 화살을 쏘아대었고, 비검랑의 비수가 날아가 도망가는 자들의 등에 꽂혔다.

그리고 잠시 후에는 서른 명의 시체와 서른 필의 말만 남게 되었다.

"후우, 횡재했네. 이거 전마 맞지?"

"예, 문주님."

서른 구의 시체를 만들었지만 일행은 눈 하나 깜짝하지 않았다.

비검랑은 시체를 뒤지며 자기 비수를 찾아냈고, 궁귀도 화살을 뽑아서 화실통에 넣었다.

또한 비검랑, 궁귀, 혈랑도는 익숙하게 습격자들의 무기를 모아서 하나로 묶어 말에 짐처럼 실었고, 습격자들의 주머니를 뒤져 전낭도 몽땅 수거했다.

그뿐이랴.

죽은 이들이 타고 온 말도 모두 회수했다.

사실 칼이나 전낭보다도 이 말이 더 비싸다. 질 좋은 전마의 경우에는 한 필에 제법 큰 집을 하나 살 정도의 돈이 들기 때문이다.

전마가 아니라 짐마라고 해도 적어도 칼 네 자루는 살 정도의 돈을 주어야 했다.

그런데 서른 필의 말은 아무리 봐도 잘 훈련받은 전마였다.

이것들만 전부 가져다 팔아도 족히 금자 오백 냥은 될 터였다.

작은 규모의 문파지만 제법 알짜 재산을 가지고 있지 않은가?

이것 외에도 아마 부동산도 있겠지만 일행이 그것들을 챙기기에는 시간도 여력도 없었다.

이 지역이 흑사칠문의 영역인만큼 그들의 주력과 부딪치면 곤란한 것은 장호 일행이기 때문이다.

흑사칠문 정도면 적어도 문파 내부에 초절정의 경지에 들어선 이가 몇 명은 있게 마련이고, 화경의 고수도 존재할 것이다.

아니, 애초에 강자존의 약육강식인 흑도사파의 문파에서는 강한 자가 아니면 문주 짓도 못 해먹는다.

그러니 흑사칠문의 하나인 해도방의 방주도 화경에 이른 절대고수라고 보아야 했다.

물론 해도방주가 직접 나설 일은 아니다.

여기는 해안가에서 제법 떨어져 있어서 해도방의 주력이 올 곳은 아니니까.

그러나 해도방에게 끈을 대고 있는 중소 규모의 사파는 아주 많았다.

그들에게 소문이라도 돌면 귀찮아지는 것은 그야말로 순식간이다.

중소 규모 정도라면 몇 명이 덤비든 그리 무서울 것 없는 장호지만, 귀찮아지는 것은 피할 수가 없다.

"이거 가져다 팔아야지. 다음 대도시가 어디야?"

궁귀가 장호의 말에 지도를 꺼내어 펼쳤다.

"이틀 거리에 양산이라는 대도시가 있습니다."

"양산? 예전에 들렀던 거기?"

"예.

양산(陽山).

광주에서 북쪽 호남성으로 가기 위해서 지나야 하는 산속의 대도시다.

산의 분지 위에 세워져 있는 이 도시는 교역도시로 제법 발전한 곳이다.

호남과 광동의 중간 지점에 있으니 당연하다면 당연한 것일지도 모른다.

"좋아, 그럼 가자고."

"예, 문주님."

장호가 애마 거룡에 올라탔고, 다른 일행도 각기 자신의 말에 올라탔다.

그들은 서른 마리의 말을 추가로 이끌고서 내달리기 시작했다.

*　　*　　*

"하여튼 상인이라는 것들은……"

장호는 말을 팔고 나오며 혀를 찼다.

전마는 보통 금자 이십 냥에 거래된다. 그런데 장호 일행은 급히 말을 팔아치워야 했으므로 이십 냥이 아닌 열 냥에 팔 수밖에 없었다.

어쩔 수 없는 일이지만 금자 육백 냥짜리를 금자 삼백 냥밖에 받을 수 없었으니 기분이 상할 수밖에.

하지만 삼십 마리나 되는 전마를 팔기 위해서는 어쩔 수 없는 선택이었다.

여하튼 그렇게 말을 팔고 나온 장호는 일행과 걸음을 옮겼다.

"객잔은 어디로 정했지?"

"월명객잔입니다."

"그때 거기?"

"예."

월명객잔.

이 양산이라는 도시에서 가장 큰 객잔으로, 양산의 가장 큰 문파인 절도문 소유의 객잔이다.

가장 크고 비싼 만큼 여러 면에서 꽤 좋은 평가를 받는 객잔이었다.

궁귀의 대답에 장호는 고개를 끄덕이고서 거룡의 고삐를 당겼다.

"그럼 그리로 가지."

일행은 그렇게 월명객잔으로 향했다.

"어서 옵쇼! 말은 따로 동전 오십 냥을 더 받습니다요. 괜찮으신가요?"

힘찬 목소리와 함께 점소이 하나가 달려나왔다.

"오냐. 어서 말 가져가고 자리나 잡아줘. 남는 돈은 너 쓰고."

비검랑이 은자를 반 조각 낸 것을 하나 던져줬다.

이 정도면 동전 오백 냥 어치는 된다.

말 네 마리에 동전 이백 냥이니 삼백 냥이라는 거금이 남는 셈이다.

"어이쿠, 감사합니다."

점소이는 냉큼 은자 반 조각을 받아 챙기고는 말고삐를 잡아 쥐었다. 그리고는 입구의 기둥에 대충 묶더니 얼른 장호 일행을 데리고 안쪽으로 들어갔다.

"어이, 강충! 가서 말 묶어놔라! 그럼 손님들, 어떤 것을 드시겠습니까? 식사만 필요하신가요?"

"방도 줘. 일인실 둘, 이인실 하나. 그리고 음식은 여기 대표 음식으로 적당히 내와. 술은 여아홍 두 병."

"예입, 알겠습니다요."

점소이는 주문을 받더니 번개처럼 움직여 나갔다.

장호가 그런 점소이를 물끄러미 바라보며 말했다.

"저 점소이, 일을 잘하는군그래."

"그래요? 전 잘 모르겠는데."

비검랑은 장호의 뜬금없는 말에 대꾸해 주면서 젓가락을 꺼내어 탁자에 늘어놓았다.

"나도 예전에 점소이 일을 해봐서 알지. 점소이로서 제법 일을 잘하는 거야."

"그렇구나. 저야 뭐, 그런 거 신경 안 쓰니까요."

"그렇겠지. 그나저나 여기 광동성은 해남파도 곁다리 좀 걸치고 있는 동네 아니던가?"

해남검파.

해남도에 있는 문파로 흑사칠문에 둘러싸여 있는 바람에 그 세력이 강성하다고 할 수는 없으나, 해남검파 자체는 상당히 강한 저력을 가진 문파이다.

지금도 해남검파는 꿋꿋하게 자리를 지키고 있으며, 근처의 흑사칠문과 마찰을 빚으면서도 정파임을 주장하고 있었다.

그런데 문파의 전대 문주가 남색을 좋아하는 방탕한 작자였고, 그 작자 때문에 혈랑도는 해남파를 떠나온 전적이 있다.

지금은 냉막하고 조금 마른 날카로운 인상이지만, 어릴 적만 해도 엄청난 미동이었다고 하니까 말이다.

사실 지금도 냉막한 표정이나 말라서 날카로운 인상만 좀 사라지면 여전히 상당히 고운 선을 가진 미남자이기는 했다.

"해남파는 해도방 때문에 내륙에 나오기가 쉽지 않다고 하던데요?"

"하긴, 해도방이 워낙 극성이어야지."

해도방은 근거지가 광동성이지만 그 행동반경은 더 넓었다.

그들은 아래로는 광서성과 위로는 복건과 절강성까지 활동하고 다녔다.

절강성과 복건으로 다니면서 하는 일은 왜구의 뒤통수를 치는 것이다.

왜구들이 해안가에 내려서 약탈을 하면 그 왜구를 잡아서는 왜구 놈들은 노예로 팔아먹고 왜구가 가진 재물은 몽땅 자신들이 가지는 식이다.

덕분에 해도방은 사파임에도 불구하고 의적이라는 소문이 날 정도였다.

왜냐하면 왜구를 소탕해 주기 때문이다.

게다가 해도방은 왜구를 털어먹기 때문에 명제국의 마을을 약탈하는 등의 일은 거의 하지 않았다. 그러니 악명이 그렇게까지 높지는 않았다.

그렇다고는 해도 해도방은 사파다.

해적은 명제국의 법률에 따르면 대역죄와 동등하게 취급받기에 당연한 일이다.

그런 해도방에게 바다는 자신들의 권역이다. 광동성은 어디까지나 해도방이 약탈한 물건을 처리하기 위해서 필요한 근거지일 뿐인 것이다.

게다가 최근에 해도방은 단지 왜구만 공격해서 털어먹는

데 그치지 않았다.

서구의 해적이라던가, 혹은 서구 국가의 교역선까지 털어먹고 있었다.

사실 서구의 교역선이라는 것은 반은 교역을 하고 반은 해적질을 하는 놈들이다.

그러니 바다에서 만나서 서로 피터지게 싸우는 것은 어쩌면 당연한 일이었다.

여기서 재미있는 일은 해도방이 대부분의 전투에서 승리한다는 점이다.

사실 해도방이 아무리 날고 긴다고 해도 최신예 대포를 가진 서구의 범선을 이길 수는 없는 것이 현실이다.

그러나 대부분의 서구 해적들은 우선 대포를 쏘아서 상대 함선의 기동력을 제거하고 가까이 달라붙어서 백병전을 한다.

그렇게 해서 상대 선원들을 절반 정도 죽인 다음 재물을 약탈하고 살아남은 선원을 노예로 팔아버리는 것이 보통이었다.

만약 그렇지 않고 가라앉혀 버린다면 포탄 값만 버리고 얻는 게 없기 때문이다.

여기서 해도방에게 승산이 생기는 것이다.

일단 백병전을 하면 그래도 무공을 익힌 해도방 측이 더 강한 것이 사실이기 때문이다.

총포는 확실히 강력한 병기지만 백병전에는 거의 쓸 데가 없다.

한 발 쏘고 장전하는 데 시간이 너무 많이 걸리기 때문이다.

서구의 세력과 가장 많은 전투를 한 것이 해도방이다 보니 지금에 와서는 반쯤은 군대라고 보아도 좋을 곳이 바로 해도방이었다.

장호는 그러한 자세한 내막을 전생에 제법 들어둔 바가 있어서 잘 아는 편이다.

사실 바다에서 해도방은 무적이나 다름없는 집단이다.

해도방은 전생에서 황밀교 밑으로 들어가긴 했으나, 실제로 황밀교와 강호의 싸움에 끼어든 적은 없었다.

말 그대로 황밀교에 적만 올려두고 서로 싸우든지 말든지 신경도 안 쓰고 강 건너, 아니, 바다 건너 불구경만 했던 것이다.

그렇다 해도 해도방이 황밀교에 붙는 바람에 황밀교는 여러 가지 대포와 화포를 공급받을 수가 있었다.

해도방이 서구의 해적, 교역자들에게서 총포까지 가져다가 공급했기 때문이다.

그뿐인가?

해도방은 사술에 사용될 여러 가지 마약 종류의 약재를 대량으로 가져다가 공급하는 공급책이기도 했다.

덕분에 황밀교는 여러 가지 전략적 물자가 풍부해져서 강호 세력과의 일전에서 크게 승리하곤 했었다.

"요리 나왔습니다!"

점소이가 요리를 가지고 왔다.

제법 비싸 보이는 고기 요리가 나온 것을 보면서 장호는 그저 빙긋 웃었다.

값을 계산하고 적당히 남은 돈을 가지라 했더니 점소이는 다시 입이 헤벌쭉해져서는 연신 고맙다고 고개를 숙였다.

그렇게 일행이 식사를 하고 있을 때였다.

문이 열리고 몇 명의 사내가 천천히 걸어 들어왔다.

*　　　*　　　*

'어라? 본 적이 있는 것 같은데?'

장호는 오향장육을 하나 집어 먹다가 들어온 사내를 보고는 고개를 갸웃했다.

들어온 자의 수는 총 여섯 명인데 모두가 같은 옷을 입었다.

어깨에 절도문이라고 수가 놓인 검은 상의를 입은 사내

여섯.

딱 봐도 절도문의 문도임에 분명했다.

그런데 그들 중 하나.

우측에 서 있는 자로 볼에 칼자국이 있는 제법 어려 보이는 사내가 장호의 눈에 익었다.

내가 어디서 봤더라?

장호가 그렇게 고개를 갸웃하다가 '아!' 하고 속으로 소리쳤다.

현생에서 만난 적이 있는 작자가 아니다.

바로 전생에서 만난 적이 있는 자였다.

황밀교의 수호사령 중 하나인 절생도 부현!

그가 여기에 있을 줄이야.

절생도 부현은 황밀교의 일천여 명에 달하는 절정고수 중의 하나였고, 장호와도 몇 번 부딪친 적이 있다.

그 당시의 장호는 절정고수였고 나름 여러 가지 재주가 있었지만 지금처럼 강하다고는 할 수 없었다.

그러던 장호가 활동하던 지역에 절생도 부현이 다른 황밀교의 수호사령들과 나타났고, 그들과 한바탕 싸운 적이 있다.

절생도 부현은 도법의 고수였고, 무언가를 잘라내는 데에는 탁월한 재주를 가지고 있었다.

장호는 과거 그와 몇 번이나 부딪친 전적이 있었고 결국 그의 생명을 취하는 데 실패했었다.

그런 절생도 부현을 여기서 보게 될 줄이야.

지금은 그저 절도문의 말단 무인처럼 보이는데, 이후에 황밀교에 투신하여 수호사령이 된 모양이다.

절생도 부현은 전생에서도 그랬지만 꽤나 심성이 잔학한 자다.

게다가 적당히 머리를 굴릴 줄도 알고 자기를 낮출 줄도 알았다.

지금은 아직 절도문의 하급무사 정도인 것 같았다.

미래의 잠재적인 적이라…….

미리 처리할까?

장호는 잠시 그리 생각하다가 고개를 내저었다.

굳이 일을 만들 필요는 없었다. 이 양산에 절도문의 본진이 있으니까.

절도문의 문도가 얼마인지는 모르겠지만, 인근에서 제법 유명한 것으로 보아 적어도 문도가 백여 명은 넘을 것이다.

게다가 절도문주의 무위가 최소 절정은 될 것이고, 혹은 초절정일 수도 있다.

그러니 시빗거리를 만들어 그들과 싸울 필요는 없었다.

물론 지금의 장호는 그들이라고 딱히 두렵지는 않았다.

흑호와 싸우면서 스스로의 힘을 더 정확하게 파악한 덕분이다.

지금의 장호가 내공을 운용하면 금강철신공 때문에 도검으로는 장호의 전신에 상처를 낼 수가 없다.

게다가 선천의선강기의 영향으로 상대의 내기가 내부로 침투해 와도 내장을 상하게 할 수도 없었다.

검기만 조심한다면 장호에게는 절정 미만의 무사들은 아무래도 좋은 상대였던 것이다.

게다가 장호의 경지는 초절정.

절정 몇 명 정도는 혼자서 감당할 수 있었다.

초절정고수라고 해도 특별히 강한 자가 아니면 적어도 두 명은 감당이 가능했다.

그러니 절도문이 덤벼든다고 해서 두려울 일은 없다. 단지 무척이나 귀찮고 피곤할 뿐.

딱히 돈이 되는 일도 아니고 다른 이득이 있는 것도 아니다.

그러니 굳이 절도문과 드잡이를 할 필요가 없지 않은가?

게다가 절생도 부현이 전생에서는 꽤 자주 부딪친 적이지만, 지금에 와서는 장호의 삼초지적도 되지 않는다.

때문에 장호는 고개를 돌리고 식사에 열중했다.

그런데 절생도 부현이 포함된 패거리는 그게 아니었나 보다.

"어이, 이 근방에서는 못 보던 이들인데, 어디서 왔어?"

일행의 우두머리로 보이는 자가 건들거리면서 다가와서는 말을 거는 것이 아닌가?

"이분은 선문의방의 의원이시고 본인들은 보표요. 산서성에서 왔소만."

혈랑도가 정중한 어조로 가볍게 답하였다. 그러면서 살짝 기세를 일으키는 것이 쉽게 보지 말라고 시위를 하는 모양새다.

장호는 일단 혈랑도에게 일 처리를 맡겨야겠다고 생각하며 말없이 다가온 사내를 바라보았다.

"선문의방? 거기는 뭐 하는 곳이래? 그래, 의원이라고? 어려 보이는데 돌팔이 아냐?"

이놈은 대체 뭐가 목적인데 와서 쓸데없는 말을 하는 걸까?

장호는 전생에서도 본 적 없는 모습에 가만히 관찰했다.

"뛰어난 의원이시오. 그래서, 용건은 그게 다요?"

"용건은 이게 다냐고? 허참. 이봐, 타지 사람인 것 같으니 내가 한 번 참아주겠는데, 다음에도 그러면 주둥이를 찢어버릴 거야. 알겠어?"

누가 누구 주둥이를 찢는다고?

하여튼 가소로워서.

"이 양강은 이 어르신이 속한 절도문의 영역이다. 이곳을 지나는 강호인은 전부 통행세를 내야 하지. 돈이 없으면 몸으로도 대신 가능하고. 내가 선심을 써서 여기 소저 한 명으로 네 명치 통행세를 받은 셈 칠 수도 있고. 어때?"

장호와 비검랑, 심지어는 궁귀까지 입이 떡 벌어졌다.

이 미친놈이 대체 지금 무슨 헛소리를 하고 있는 거야?

통행세를 내라고?

돈이 없으면 몸으로 대신하라?

선심을 쓴다?

어이가 완전히 뇌에서 가출했다고밖에 볼 수 없는 발언이다.

"완전 개판이네. 흑사칠문의 영역이라고는 하지만 이게 무슨 개소리야?"

장호가 어이없다는 듯 소리를 내고 말았다.

다가온 우두머리의 시선이 곧바로 장호에게로 향했다.

그의 두 눈엔 살기가 돌고 얼굴은 흉신악살처럼 일그러져 있다.

"너 뭐라고 했냐?"

"네 귀에 좆이라도 박았냐? 개판이라고 한 거 못 들었어? 그리고 너, 지금 상황 파악이 안 되나 본데, 내가 이렇게 개쌍욕을 하는 게 왜 그런다고 생각하냐?"

장호의 말에 우두머리의 안색이 붉게 변했다.

"이 새끼……."

그리고는 손을 자신의 칼 손잡이에 가져다 댄다.

그때였다.

장호가 자리에 앉은 채로 번개처럼 검을 뽑아서는 우두머리의 목 밑에 가져다 대었다.

"거기까지. 너 그거 뽑으면 뒈진다."

스윽.

주룩.

칼날이 목 밑의 피부를 살짝 베자 피가 조금 흘러나왔다. 우두머리가 몸을 부르르 떨었다.

"잘 먹고 있는 우리한테 와서 몸으로 내라느니 하는 개소리를 들었어. 강호에서는 이럴 때 어떻게 하는지 잘 알 텐데?"

이럴 때 하는 일은 사실 하나다.

죽인다.

강호인은 명예를 소중히 여긴다고들 한다.

사실 이 말은 반은 맞고 반은 틀렸다.

명예를 소중히 하는 것은 사실이지만, 그 본질에는 얕보이면 안 된다는 약육강식의 법칙이 있기 때문이다.

얕보인다는 것은 약하다는 것을 알리는 일이다.

때문에 이런 모욕적인 일을 겪는다면 칼을 뽑아 들지 않을 수 없다.

물론 저 절도문의 순찰조장처럼 보이는 작자가 그리 행동한 것은 이곳이 절도문의 영역이기 때문일 것이다.

감히 여기에서 절도문의 이름을 무시할 수 있는 간이 부은 강호인이 있을 거라고 생각하지 않았던 것.

그러나 장호는 그저 그런 강호인이 아니었다.

사실 별다른 문제가 없었다면 그냥 돈 좀 주고 돌려보냈을 수도 있다.

절도문과 드잡이를 하는 것은 귀찮으니까.

문제는 저 작자가 비검랑을 탐하려고 한다는 점이다.

수하를 거느린 입장에서 그런 일을 그대로 방관해서는 안 된다.

수하를 보호하지 않는 문주를 그 누가 신뢰하겠는가?

"내, 내 뒤에는 절도문이 있다."

"그래서? 그게 네 목숨을 구할 수 있을까?"

"너, 너희들도 무사하지 못할 거다!"

악을 쓰듯이 소리를 지르는 우두머리를 보면서 장호는 흐흐 웃을 뿐이다.

"글쎄다. 나는 절도문이 귀찮기는 해도 무섭지는 않아서."

장호의 말에 우두머리는 표정이 새하얗게 변하고 말았다.

자기를 죽이겠다는 말이지 않은가?

"하지만 내가 아량을 베풀어주지. 돈이나 좀 내놓고 꺼져. 어때?"

"아, 알겠다."

"반말?"

"아, 알겠습니다."

"좋아, 그럼 돈 놓고 꺼져."

장호가 검을 내렸다. 그러자 우두머리는 후다닥 뒤로 물러났다.

그리고는 돈도 내놓지 않고 그대로 도망가 버리는 것이 아닌가?

"두, 두고 보자, 네놈!"

그런 우두머리의 행동에 절생도 부현을 비롯한 수하들은 황망하다는 표정이 되어버렸다.

"어이, 너희들. 너희들도 가봐."

장호의 말에 절도문의 문도들은 어색한 표정을 지어 보이다가 우르르 객잔을 나갔다.

상황이 참 웃기게 돌아가고 있다.

"문주님, 왜 그들을 놓아주셨습니까?"

궁귀가 무거운 말투로 물었다.

사실 장호의 행동이 이상하기 짝이 없었기 때문이다.

"애들 데려오라고. 일단 저 녀석들을 죽이면 절도문과 싸워야 하지 않나? 저 녀석을 놔주어도 그건 마찬가지. 하지만 사람이 죽은 것과 죽지 않은 것에는 조금 차이가 있지."

"그 말씀은……."

"대충 서른 명에서 마흔 명 정도까지 몰려올 거야. 적당히 중독시켜서 전투 불능 상태로 만든 다음 절도문을 도발하면 나머지 인원이 달려오겠지? 그때에는 문주도 껴 있을 거고. 그때 박살 내면 일이 편하지 않나?"

장호의 계책에 모두가 감탄한 표정이 되었다.

"확실히 그렇군요."

"그래서… 독에 물을 좀 타서 써야겠어. 초오독은 너무 강하니까 좀 약화시켜야지. 어이, 점소이! 물동이 가져와!"

장호는 태평하게 점소이를 불렀다.

第八章

어디를 가나 머저리가 넘친다니까

어리석음의 무서움은,
스스로의 어리석음을 인지하지 못한다는 것에 있다.

누군가의 말

"뭐? 웬 놈이 본 문에 시비를 걸었다고?"

장호가 협박했던 순찰조의 우두머리는 그 이름이 초무각
이라고 했다.

그리고 그는 절도문의 문주인 진만구의 사촌동생이기도
했다.

그는 사실 순찰조의 조원인 부현보다도 무공이 낮다. 그럼
에도 순찰조장이 된 것은 전부 이런 배경 때문이다.

게다가 진만구는 어릴 적에 어머니를 여의고 초무각의 어
머니이자 진만구의 이모인 진수연의 집에서 얹혀살았다.

이모는 비록 거칠긴 했지만 진만구를 남의 자식이 아닌 자기 자식처럼 키웠고, 어느 해인가 병 때문에 일찍 죽었다.

진만구는 그때 이모의 집을 떠났고, 고수가 되어 고향에 돌아왔다. 그리고 어릴 적에 형체처럼 자란 초무각을 챙겨주었다.

그러나 초무각은 성격이 그리 좋지 못한 한량이었다.

사실 진만구도 성격이 더럽기는 매한가지였다.

그렇긴 해도 진만구는 절정에서도 제법 높은 수준에 이르러 인근에서는 당할 자가 없었다.

그도 그럴 것이, 진만구가 배운 혈살절생도는 상승의 절학이었다.

다만 진만구의 자질이 그리 높지 않아서 겨우 절정에 이른 것이다.

만약 그가 일로정진하여 이십 년 정도 수련했다면 초절정의 경지도 가능했을 터이다.

하지만 그는 겨우 십 년을 산속에서 수련하고 하산하였으며, 또한 피를 깎는 고련을 한 것도 아니다.

그래도 혈살절생도법이 상승절학 중에서도 제법 뛰어난 절학이었으니 망정이지, 아니었다면 이렇게 절도문의 문주 노릇도 못했을 것이다.

게다가 진만구는 절도문을 연 다음에는 발 빠르게 해사방에 고개를 조아렸다.

해사방의 하위 세력으로 인정받자 이제는 인근에서 아예 건드리는 자가 없었다.

그런 그가 인상을 구기고 있다.

"우리가 절도문인 것을 알고도 그랬다고?"

"예, 형님."

"야, 무각아. 내가 문주라고 부르랬지?"

"죄, 죄송합니다, 문주님."

"그나저나 뭐 하는 인간들인데?"

"본인들 말로는 선문의방의 의원이라고 하던데, 솔직히 정체는 모르겠던데요?"

초무각의 말에 진만구가 인상을 썼다. 그리고는 옆으로 고개를 돌렸다.

"이보쇼, 혈서생. 뭐 아는 거 있소?"

혈서생.

그는 원래 학문을 공부하는 학사였는데, 오성은 뛰어나지만 성격은 그저 평범한 사내였다.

그런 그가 혈서생이란 별호를 가지게 된 것에는 이유가 있었다.

그가 관직을 얻을 때 있었던 사건 때문이었다.

뇌물을 써서 관직에 들어간 것은 좋았으나 부정부패를 저

지르는 와중에 몇 가지 사건에 휘말린 그는 곧 파면되었다.

보통 그럴 때는 뇌옥에 갇혔다가 처형되어 죽는 것이 보통이다.

그런데 그때 당시 그가 갇힌 뇌옥에 마두로 알려진 음사혈장이 있었던 것이 문제였다.

음사혈장은 음사마공이라는 마공을 익힌 마두인데, 그 별호만 보아도 알 수 있듯이 고강한 무공을 익힌 작자였다.

음사마공은 여성의 정혈을 갈취하여 연성하는 마공으로 일종의 색공이다.

음사혈장은 사실 집요하게 자신을 추격하는 원수의 손을 피해 잠시 뇌옥에 갇힌 것으로, 사실 마음만 먹으면 얼마든지 탈옥할 수 있는 작자였다.

그런데 이 음사혈장에게는 참 고약한 취미가 하나가 있었는데, 그게 바로 남색(男色)이었다.

제법 반반하게 생긴 남자를 자빠뜨려서 성관계를 즐기는 것이다.

여성을 강제로 범하여 내공을 증진하고, 남자를 강제로 범하면서 쾌락을 느끼는 인간 말종이 바로 그였다.

혈서생은 제법 미남 소리를 듣는 호리호리한 사람이었는데, 그때 음사혈장에게 강간을 당하고 만다.

그게 또 인연이 되어서 혈서생은 음사혈장을 스승으로 모시게 되고, 그의 성욕을 채워주는 한편 음사마공을 배워 익히게 되었다.

이후에 같이 탈옥하였으나, 음사혈장은 혈서생을 내버려두고 떠나 버렸다.

지금에 와서는 음사혈장이 죽었는지 살았는지도 혈서생은 알 길이 없다.

그런데 혈서생이 그런 일을 당한 것이 나이 이립 때인데, 그러다 보니 괴상한 성벽이 생기고 말았다.

바로 남자에게 안기지 않으면 안 되는 성벽을 가지게 된 것이다.

애초에 좀 곱상하게 생긴데다가, 음사마공이 애초에 색공이라 그런지 요사스러운 어떤 색기가 조금씩 감돌게 된 혈서생은 여장을 하고 남자를 유혹하여 잠자리를 같이하고는 했다.

그런데 그가 익힌 무공은 남자가 아닌 여성과 관계해서 정혈을 빼앗는 무공이 아니던가?

그런데 이 사람은 또 여성과 할 때에는 하물이 서지 않는 심각한 상태였다.

그러다 보니 내공 증진을 위해서 좀 복잡한 방법을 쓸 수밖에 없게 되었는데, 그 방법이 참 민망했다.

다른 남자에게 안기는 와중에 여자를 상대하면서 정혈을

빼앗는 방법을 사용한 것이다.

이런 복잡한 방법을 사용해야 하다 보니 내공 수련이 느린 면이 있지만, 여하튼 그런 여러 상황 덕분에 지금은 훌륭한 사파인이 되어 있었고, 절정의 경지에 올라 있기도 했다.

그 과정에서 손에 피를 묻힌 적이 많다 보니 혈서생이라는 별호까지 붙은 것이기도 한 것이다.

다만 그는 딱히 악인은 아니었다.

어쩌다 보니 이렇게 되었을 뿐이니, 그의 인생도 참 기구하다고 할 만했다.

여하튼 혈서생은 참모, 군사의 직위를 가지고 절도문에 몸을 의탁하였지만 사실 무공만 따지면 문주인 진만구와 비등한 경지였다.

그래서 진만구도 반말을 하지 않는 것이다.

"선문의방이라면 얼마 전에 개파식을 한 의선문이 운영하는 의방입니다. 그곳의 의원이고 강한 무위를 지녔다면… 아마도 생사의선이라고 불리는 장호일 테죠."

"생사의선 장호? 강한가?"

"글쎄요. 하오문의 정보에 의하면 적어도 절정 이상이라고 하더군요. 그리고 독에 정통하다던가요?"

"도옥? 골치 아픈 새끼일세."

진만구가 인상을 구겼다.

상대가 절정고수라는 것은 그리 두렵지 않았다. 절도문에도 절정고수만 세 명이 있기 때문이다.

그리고 절정은 못 되어도 일류가 되는 이가 적어도 스무 명이다.

총 문도 수가 백서른 명 정도인데 이 정도의 일류무인과 절정고수를 보유했다면 어디 가도 꿀리지 않는다.

당장 혈서생과 또 다른 절정고수인 혈사겸 육진을 같이 보내기만 해도 처리할 수 있을 것이니 큰 문제가 될 것은 아니다.

문제는 바로 혈서생이 말한 독에 있었다.

독이라면 쉽게 죽일 수가 없다. 아니, 경우에 따라서는 이쪽이 당할 수도 있었다.

"정면으로 처리해서는 피해가 클 겁니다. 차라리 그냥 지나가게 두는 것이 어떻겠습니까?"

혈서생의 판단은 냉정하고, 정확했다.

상대는 이 지역을 지나가는 중이다. 내버려 둔다면 그냥 지나갈 거였다.

체면이야 조금 구기겠지만, 이 근방에서 어차피 절도문을 어찌할 문파 따위는 존재하지 않았으니 내버려 두면 서로 별 피해 없이 끝날 일이다.

게다가 사파들은 생존과 이익을 우선하기 때문에 체면을

구긴다거나 하는 일로 자신들에게 큰 피해가 날 일을 벌이지 않는 성격이기도 했다.

"쯧. 당신 말이 맞긴 하군."

"어떻게 하시겠습니까?"

"그 인간들 친다면?"

"적어도 서른 명 정도는 죽을 겁니다."

"끄응."

상대가 독에 정통하고, 절정고수라면 혈서생 말처럼 서른 정도의 문도는 죽었다고 보아야 했다.

그 서른 명 중에 일류무사까지 끼어 있다면 피해가 크다.

그리고 일류무사가 열 명 정도만 줄어들어도 어마어마한 피해를 입었다고 보아야 했다.

그리고 그 정도면 주변의 다른 문파가 도발해 올 수도 있다.

절도문이 이 지역에서 최강자라고 하지만, 대충 삼사 일 정도 걸어서 갈 수 있는 거리에 있는 지역에 절도문보다 못한 문파가 몇 개 있었다.

물론 그들도 전부 사파다. 이 광동성에는 사파 아닌 문파는 존재하지 않으니까.

그린 사파들이다 보니 언제든지 욕심을 위해서 서로를 배신할 준비가 되어 있다고 보아야 했다.

"애들만 데리고 가면?"

삼류나 이류만 데리고 가면 어떤가 묻는 진만구.

"그러면 적어도 오십여 명 이상은 죽을 테죠."

혈서생은 딱 잘라서 말했다.

"끄응……."

진만구가 마땅치 않다는 듯한 소리만 내고 있었다.

"어쩔 수 없지. 그냥 내버려 둬. 도발도 하지 말고."

진만구가 결정을 내렸다. 그렇게 절도문은 장호의 일에서 손을 떼려고 했다.

"저… 형님."

"아. 넌 또 왜?"

"그것들이… 돈이 많습니다."

"뭐? 얼마나?"

"전마를 서른 필이나 팔았더라구요. 금자로 삼백 냥이라고 하던데……."

"뭐?"

금자 삼백 냥?

물론 진만구의 절도문에도 전마는 있다. 그러나 그 수가 겨우 열 필밖에 안 된다.

절도문은 이 지역을 지배하고 있으니 딱히 말이 필요하지 않았기 때문.

그런데 전마 서른 필을 팔고 삼백 냥이나 챙겼을 줄이야?

그 정도 돈이면 절도문의 일 년치 수익에 버금가는 돈이었다.

"으으음. 이거 땡기는데……."

진만구의 두 눈이 탐욕으로 번들거리기 시작했다.

"혈서생, 뭐 좋은 계책 없소?"

"생각을 해봐야 될 것 같습니다. 일단 이 도시에서 공격하는 것은 하책입니다. 흐음… 이럴 때에는 매복을 해두는 것이 좋을 겁니다. 그리고… 전력을 다하는 쪽이 더 낫습니다."

혈서생이 차분하게 대답했다.

*   *   *

장호 일행은 객잔에서 편히 쉬고, 말먹이도 보충하는 등 여러 가지로 행동했다.

그런데 어찌된 것이 절도문이 움직이지를 않았다.

"이거 나도 다된 건가……."

장호가 턱을 슥슥 긁으며 중얼거렸다.

보통 이런 시골 동네 중소 규모의 사파라면, 그 정도 도발에 한 떼거리가 와서는 난리법석을 떨어야 했다.

그때 일 차로 오는 패거리를 전멸시키고, 그 이후에 남은 본대 비슷한 떨거지를 처리한다.

그게 장호가 전생에 하던 일 중의 하나였다.

그러고 나서 그 지역의 하오문에게 의뢰해서 재산 처분을 하고, 모조리 은자로 바꾸어 버린 다음에 전장에 맡긴다.

이렇게만 해도 참 짭짤하게 벌 수 있는 것이다.

그런데 어째 절도문이 자신이 생각한 대로 움직이지를 않고 조용했다.

혈서생이라는 참모격인 존재가 있다는 것을 모르니 어쩔 수 없는 일이기는 했다.

"뭘 기대하셨는데요?"

비검랑이 그런 장호를 보면서 어이 없다는 듯 물었다.

"그놈들이 공격해 오기를 기대했지. 그러면 숙삭하고서 재산을 처분할 수 있거든."

"네에?"

장호의 어이없는 말에 모두가 눈을 부릅떴다.

"그, 그런 생각을 다 하고 계셨어요?"

"응."

"누가 보면 노강호라고 하겠네요."

장호의 외면은 아무리 봐도 이십 대 초반. 그런데 하는 말은 강호에서 오랫동안 굴러먹은 노강호 같았다.

게다가 장호처럼 공격해 오기를 기다렸다가 재산을 처분한다는 방식의 일 처리는 들어본 적도 없다.

"그런데 예상과 다르네. 뭐, 어쩔 수 없지. 집으로 돌아가자고."

"예."

그렇게 일행은 짐을 꾸려서 다시 말을 타고 움직이기 시작했다.

그리고 그런 장호 일행의 행동을 지켜보고 있는 이들이 있었다.

두두두두두!

일행은 부지런히 말을 달려 양산에서 북쪽으로 난 관도를 따라 움직였다.

그렇게 어느 정도 달렸을 때였다.

일행이 두 개의 제법 높이가 있는 언덕 사이로 난 길에 들어섰을 때, 장호의 예민한 청각에 하나의 소리가 들려왔다.

그것은 화살이 날아오는 소리였다.

"모두 정지! 적습이다!"

말과 함께 장호는 말의 고삐를 당겼고, 동시에 좌우 양측에서 사방에서 날아오는 수십 개의 화살을 보았다.

팟.

장호가 말에서 뛰어 올랐고, 좌우로 손을 뻗으면서 흔들었다. 그의 단전에서 뿜어져 나온 진기가 그의 손을 따라 좌우로 쏘아져 나가며 넓은 범위를 흔들었다.

후두둑!

화살들이 그 장풍에 맞아서는 사방으로 튕겨 나갔다. 그와 동시에 장호가 자리에 내려섰을 때, 좌우 언덕에서 대략 팔십여 명의 무리가 나타났다.

절도문.

장호는 그런 그들을 보면서 속으로 혀를 찼다.

뭐야, 매복을 하고 있었어? 이놈들은 조금 똑똑하군그래.

그러나 여유로운 장호에 비해서 다른 세 명의 안색은 딱딱하게 굳어져 있었다.

이들은 아직 장호가 초절정의 경지라는 것을 정확하게 모르기 때문이었다.

"네놈이 의선문의 장호라는 놈이 맞느냐?"

좌측의 언덕에 선 제법 탄탄한 몸을 한 중년 사내가 소리쳤다.

생긴 것은 조금 각이 진 것을 빼면 평범하지만, 기도가 제법 사나운 작자였다.

"그렇다만? 그러는 너는 누군데?"

장호는 적에게 존대를 하는 일이 거의 없었기에 뻐딱하게 물었고, 그것은 상대의 신경을 건드렸다.

"허! 이 어린 새끼가 눈에 보이는 것이 없구나! 내가 바로 네놈이 무시하던 절도문의 문주인 진만구다!"

절도문주 진만구.

인근에서는 본래 혈도 진만구라고 알려져 있다.

그는 상대를 죽일 때 꼭 몸을 반 동강 내서 죽이기 때문이다.

그만큼 그의 도법은 절륜한 것이었다.

무려 상승 절학인 도법이니 당연하다면 당연한 일일 수도 있었다.

그러나 장호는 그런 진만구를 보면서 그저 입맛을 다실 뿐이었다. 아무리 봐도 절정의 중하급 정도로 보이는 작자가 아닌가?

그렇다고 장호에게 딱히 우위를 보이는 어떤 특별한 무공을 익힌 것 같지는 않았다.

비록 상대가 지형적 우위에 있다지만, 그런 건 어차피 장호에게 의미는 없었다.

다만 말이 죽을 것 같아서 아쉬울 뿐.

애마인 거룡과는 그래도 정이 제법 들었기 때문이다.

"궁귀."

"예, 문주님."

"화살 몇 발이야?"

"현재 백여 발이 있습니다."

"그거 다 쓰고, 독도 다 써버려. 그리고 비검랑, 혈랑도."

"예."

"네."

"둘은 나서지 말고, 말과 궁귀만 보호해."

"문주님께서는……."

"난 앞으로 나가서, 저것들 전부 처리하지. 그리고 보니… 내 진짜 무위를 보여주는 건 처음이었던가? 잘 봐두라고."

장호는 그리 말하고는 앞으로 나섰다.

다른 세 명은 문주를 지켜보면서 굳은 얼굴로 문주가 내린 명령을 위한 행동에 들어갔다.

*   *   *

"저것들이 지금 뭐 하자는 수작이지?"

진만구는 눈을 꿈틀했다. 장호라는 어린놈이 뭐라고 지시를 내리고 있었던 것이다.

그렇게 진만구가 인상을 쓰는 순간, 장호가 갑자기 화살 같은 속도로 달려오는 것이 보였다.

거리는 대략 삼백 장.

그런데 눈을 한 번 깜빡이니 벌써 백 장이나 달려오고 있는 것이 아닌가?

상대와 자신이 높은 곳과 낮은 곳에 위치하는 것을 생각하면 믿을 수 없는 속도였다.

"저 년놈들을 쳐 죽여라!"

진만구는 즉시 명령을 내렸다.

그가 선 곳은 좌측의 언덕.

우측의 언덕에서 무사들이 벌떼처럼 언덕 아래로 내려가기 시작했다.

애초에 화살 공격은 처음에만 하기로 해두었는데, 이유는 화살이 부족해서였다.

여하튼 우측 언덕의 무사 사십여 명이 혈사겸 육진과 함께 내려가는 것이 보였다.

이쪽 좌측 언덕에는 진만구 자신과 혈서생과 사십여 명의 문도가 있었다.

그들도 우르르 내려가기 시작했다.

그러나 그것은 진만구의 실수였다.

언덕을 달려 내려가기 시작한 그들을 향해 몇 개의 종이봉투가 날아든 것이다.

물론 밑에서 경공으로 달려 올라오고 있는 장호가 던진 것이다.

푸확.

그것들은 정확하게 달리고 있던 절도문도들의 머리 위에서 터졌으며, 동시에 그들은 검붉은 가루를 뒤집어써야 했다.

"크아아악!"

"으아아악!"

가루를 뒤집어쓴 이 거의 대부분이 고통을 호소하면서 땅을 뒹굴었다.

방금 장호가 뿌린 독은 초오독에 몇 가지 독을 더 첨가한 것으로, 눈에 들어가면 눈을 실명시키고 피부에 닿으면 피부를 쓰리게 만들 정도의 물건이었다.

물론 죽지는 않는다.

다만 고통 때문에 전투력이 급격히 하락할 수밖에 없고, 그렇기에 하수들을 한 번에 정리하는 데 좋은 독이었다.

그 순간에 진만구는 절정고수답게 자신의 무복 일부를 잘라내 휘둘러 독가루를 흩어버렸고, 장포를 입고 있던 혈서생은 두 손을 휘둘러 바람을 만들어 독 가루를 날려 버렸다.

즉, 이 두 명을 제외하고는 단번에 모두가 제압되었던 것.

그것은 확실히 어이없는 일이었지만, 현실이기도 했다.

"이 새끼가!"

분노가 치솟아 오른 진만구는 그대로 멧돼지처럼 돌진했다.

그의 손에 들린 도에 어렴풋이 도기가 일렁거리고 있었다.

그의 혈살정생도법가 극성으로 발휘되고 있는 것이다.

그리고 그의 좌측에서 십 보 떨어진 곳에서는 혈서생이 두 손을 늘어뜨린 채로 달리고 있었다.

그의 두 손에서도 기이한 울림이 일고 있는 것으로 보아서 전력을 다하고 있는 모양이었다.

그리고 충돌이 일었다.

콰아아앙!

"크윽?"

혈살정생도법을 극성으로 펼친 진만구의 도는 벼락과도 같이 떨어져 내려 상대를 두 조각을 내기 위하려 움직였다.

그런데 이게 뭔가?

두툼한 그의 도가, 낭창하다고 할 수 있는 검에 의해서 허공에 막혀 있었다.

그게 다가 아니었다.

키기긱!

믿을 수 없는 힘!

분명 위에서 내리누르고 있는 것은 진만구 그 자신이다.

그런데 상대의 검이 도리어 그의 도를 밀어 올리며 위치를 바꾸어가는 것이 아닌가?

이것은 내공의 힘인가? 아니면 괴력을 가진 것인가?

어느 쪽인지 판단을 하기도 전에 상대의 공격이 바로 시작되었다.

쐐애액!

상대의 좌수가 주먹으로 변하더니 빠르게 다가왔다.

이게 뭐야?

진만구는 두 손으로 도를 잡아 내리누르고 있었기에 손이 없는 상황.

그런데 상대는 한 손으로 검을 잡고 밀어 올리면서 다른 손으로는 권격을 날린다고?

이는 상대의 한 손이 진만구의 두 손보다 더 큰 힘을 가지고 있다는 것을 대놓고 보여주는 것이었다.

예측하지 못한 공격에 진만구는 혼비백산하여 뒤로 거칠게 물러섰다.

그러나 그런 진만구를 내버려둘 장호가 아니었다.

퍼퍼퍽!

바로 따라 붙으며 세 번의 권격을 허용하고 만 진만구.

그의 턱. 명치. 복부에 주먹이 틀어박혔고, 묵직한 권격을 통해 들어온 암경이 그의 내부로 들어와 요동을 쳤다.

"크억!"

울컥!

피를 격하게 토하며 진만구는 그대로 허물어졌다.

"이런 개 같은……."

그것이 그가 한 마지막 말이었고, 그대로 그는 혼절하고 말았다.

이대로 둔다면 죽을 것이 분명하리라.

그것은 정말 어이없다고 말할 정도의 일이었고, 그대로 같이 달려왔던 혈서생을 놀라게 만들었다.

혈서생은 즉시 두 손을 내리고는 도망치지도 않고 멈추어섰다. 그리고는 포권을 하면서 몸을 즉시 낮추었다.

"장 대협께 패했음을 인정합니다."

그는 머리가 좋은 자였다.

*　　　*　　　*

뭐 이렇게 싱거워?

장호는 혀를 찼다.

상대가 바보에 머저리라고는 해도, 이렇게 쉽게 상대를 이길 수 있을 줄이야.

그도 얼마 전까지는 절정의 경지에 이른 자였다.

초절정의 경지에 오른 지 얼마나 되었다고 이런 차이가 나는 것인지 알다가도 모를 일이었던 것이다.

물론 내공이 급격히 불어나고 선천의선강기가 내단이 되면서 육체에 이루 말할 수 없는 변화가 일어나기는 했다.

한 손으로 상대의 양손 공격을 가볍게 막아내고 도리어 힘으로 내리누른 것만 보아도 알 수 있지 않은가?

검을 보호하기 위하여 검기를 일으킨 것을 제외하면 따로 내력을 제대로 쓰지도 않았던 상태였다.

장호는 이번의 짧은 격전에서 겨우 삼 푼의 힘을 썼을 뿐이었고, 상대는 처음부터 전력을 다했으니 적어도 오 할의 힘을 썼을 터였다.

그러니 장호로서도 어이가 없는 것이다.

이렇게 쉬울 리가?

나도 내 힘을 제대로 알지 못하는군.

장호는 그렇게 중얼거렸다. 회호와 힘과 힘의 대결을 했었지만, 생각해 보면 자신의 힘을 자신도 완전히 파악하지 못하고 있는 것 같았다.

문파로 되돌아가면 그때에 가서 여러 가지 일을 해보면 될 일이다.

그렇게 상념을 정리하고서 장호는 옆을 보았다.

그곳에는 몸을 낮추고 있는 곱상한 스물 후반 대의 사내가

한 명 서 있었다.

바로 혈서생이 그의 별호다.

외모만 보면 남자도, 그렇다고 여자도 아닌 것 같은 미묘한 아름다움을 가진 사내를 보면서 장호는 어떻게 할까, 하고 고민을 하고 있었다.

왜냐하면 상대는 바로 넙죽 엎드리다시피 하면서 패했다고 인정한 것이다.

그런 상대를 보면서 장호가 일단 입을 열었다.

"그대는 누군가?"

"임진연이라 불러주시면 됩니다. 절도문에서는 총관이자, 군사의 자리에 있었습니다."

있었습니다. 그것은 과거형이다.

"있었다는 건 무슨 의미이지?"

"지금은 아니라는 말이지요. 문주인 진만구에게 고용되어 일하였으나, 사실 절도문 출신은 아닙니다."

외부에서 들어와 총관이자 군사의 일을 했다는 것이다.

그리고 진만구가 죽은 지금 그런 고용 관계가 풀렸다는 말이기도 했다.

그 말에는 여러 가지 의미가 함축되어 있었다.

임진연이라고 스스로를 소개한 이 곱상한 학사 차림의 중견 고수가 절도문에 충심 따위는 조금도 없다는 것에서부터,

그가 자존심보다는 실리를 몹시 중요하게 여기는 사람이라는 것까지 다양했다.

애초에 보통 사람이라면 이렇게 쉽게 스스로의 패배를 인정하고서 저자세로 나오는 일은 거의 없을 것이다.

무인들 사이에서는 그런 경향이 더 심하기도 했다.

무인들은 자존심 하나로 먹고 살지 않던가?

"그렇군. 그래서 나에게 무엇을 바라는 건가?"

"패자가 무슨 말을 할 수 있겠습니까? 다만 선처를 해주시기를 바랄 뿐이지요."

즉, 무사히 놓아달라는 말이다.

장호는 그런 그의 말에 피식 웃었다.

제법 재미있는 사람이지 않은가?

"별호가 어떻게 되나?"

그의 말에 상대는 곤란한 표정을 지어 보인다. 그러더니 왠지 요사스럽고 촉촉한, 그리고 붉어 보이는 입술을 달싹였다.

"혈서생이라고 불리우고 있는 처지입니다."

"혈서생……."

장호는 잠시 생각하다가 어떤 기억이 떠올랐다.

신문호.

전생에 그가 가장 친했다고 말할 수 있는 세 명 중의 한 명이 바로 신문호다.

아직 현생에서는 신문호를 만나지 못하였으나, 그가 자신에게 전생에 주로 했던 이야기 중 하나가 떠올랐던 것이다.

―내가 예전에 몹시 취한 적이 있었거든. 작정하고 취한 거라 내공도 안 썼어. 그때 엄청나게 색정스러운 여자를 안게 되었는데… 알고 봤더니 여자가 아니라 남자였지 뭐야! 내가 진짜 그날 엄청 놀라가지고…….

그렇게 시작된 이야기가 기억난 것이다.

분명 자신의 친우인 신문호가 안았다던 그 여장 남자는 강호인으로 별호가 혈서생이라고 불렀다고 했다.

그때의 인연으로 후에 신문호가 위기에 처했을 당시에 혈서생이 구해주었다고 했던가?

사파에 몸담긴 했지만 악인은 아니라고 말했던 기억이 났다.

생각해 보면 신문호는 참 문란한 작자라고 장호는 기억하고 있었다.

그러고 보면 그와의 인연도 간단한 것은 아니다.

"그 친구는 어디서 무엇을 하려나……."

장호는 그런 말을 중얼거리고는 다시금 혈서생 임진연에

게 시선을 고정했다.

그러고 보면 지금 시점에서 이 혈서생이 신문호를 구해주었는지 아닌지 알 수가 없다.

신문호의 이야기는 과거에 그랬었다는 것이지, 언제 어느 때인지는 제대로 알려주지 않았던 것이다.

어쩌면 이 절도문을 박살 낸 것 때문에 신문호의 미래가 바뀔 수도 있는 일.

그것도 따로 처리해야겠군.

"그러면 혈서생 임진연, 네가 나를 좀 돕는다면 몸 건강히 풀어주는 것뿐만 아니라 재산도 챙겨주지."

"어떤 일을 도우면 되겠습니까?"

"절도문의 재산을 전부 처분해서 은자로 바꾸었으면 좋겠어. 하오문을 이용하면 되긴 하지만 수수료가 좀 비싸니까."

"성심성의를 다하겠습니다."

그렇게 혈서생은 생명을 건졌다.

그리고 두 명이 두런두런 그렇게 이야기를 나누는 동안에 우측에서 내려가던 절도문도의 절반은 궁귀의 화살에 맞아서는 게거품을 물며 쓰러지고 있었다.

그 뒤로 혈사겸 육진이 달려와서는 싸움이 시작됐다.

"도망갈 거면 도망가도 좋다. 어차피 상관없으니까."

장호는 그리 말하고는 일행이 있는 곳을 향해 쏜살같이 달려갔다.

그런 장호의 뒷모습을 보면서 혈서생 임진연은 그저 싱긋 미소를 짓고 있을 뿐이었다.

第九章

네가 돈 좀 만질 줄 안다고?

경제란 국가의 혈관이다.

경제학자

장호 일행은 양산에서 열흘을 더 머물기로 했다. 그 이유는
바로 절도문의 재산을 처분하기 위해서였다.

그 과정에서 혈서생 임진연은 일 처리를 아주 매끄럽게 잘
해내었다.

절도문의 부동산을 빠르게 팔아치웠고, 부동산이 아닌 여
러 가지 이권도 적절히 팔았기 때문이다.

그렇게 처분한 재산에 절도문이 본래 가지고 있던 금전적
인 재산까지 합하자 무려 금자 육천 냥이 나오고 말았다.

물론 장호의 의선문이 벌어들이는 한 달 수익보다는 못하

지만, 그렇다 해도 단지 열흘 만에 이 정도의 돈을 얻었다는 것은 엄청난 일이었다.

장호는 그것을 전부 금마전장의 전표로 바꾸었고, 그렇게 절도문은 와해되었다.

살아남은 절도문의 문도와 절도문주의 가족이 있었지만, 그들에게도 살아갈 정도의 돈은 떼어주었다.

물론 그들은 복수를 하겠다면서 난리를 쳤지만, 의미는 없는 일이었다.

"일 처리가 아주 능숙하군?"

장호는 혈서생과 한 탁자에 앉아 있었다. 전표를 받기 위해서다.

"절도문에서 돈을 조금 만졌습니다."

혈서생의 말에 장호는 고개를 끄덕였다.

이 정도 일 처리면 유병건 총관보다도 낫다고 할 수 있었다.

혈서생 임진연이 내미는 전표를 받아 확인하면서 장호는 문득 한 가지 생각이 들었다.

"돈은 좀 만질 줄 알아?"

"제가 전문적인 장사치는 아니나, 사업 수완은 조금 있습니다. 그런데 왜 그러시는지요?"

"흠. 이제 절도문도 없어졌으니, 어디 갈 데 없다면 나랑

같이 가는 건 어때? 이를 테면, 이번에는 내가 당신을 고용하겠다는 거지."

장호의 말에 혈서생은 은근하게 미소를 짓는다.

그게 또 꽤나 요사스러웠다. 남자인 것을 아는 데도 마음이 동한다고 할까?

음사마공을 괴상하게 익힌 부작용 때문이지만, 그것을 또 뭐라고 할 수는 없는 일이었다.

그리고 그것은 아직 장호도 모르는 부분이었다.

"저를 어찌 믿으시고 이리 권유하시는 건지 알 수 있겠습니까?"

"일단 열흘간 하오문에 당신 정보를 알아봤거든. 악명에 비해서 사실 그리 나쁜 짓을 많이 한 것은 아니더군. 그 정도면 믿을 만하다고 봤지. 그리고 이번 일 처리도 아주 깔끔하고. 이 절도문의 몇 가지 사업을 생각해 낸 것도 당신이라며? 그 정도면 아주 훌륭하지. 그렇지 않아도 내 돈을 굴려줄 사람을 찾고 있었거든."

장호의 말에 임진연이 은근한 미소가 아닌, 화사한 미소를 지어 보였다.

그는 내심 자신의 능력을 이 젊은 문주에게 홍보를 하고 있었다.

절도문주가 단 세 수만에 비명횡사한 것을 보고 승리하지 못함을 깨달았고, 그때부터 자신이 살 방도에 대해서 고민하다가 아예 이 의선문주의 아래로 들어가면 좋겠다고 생각했던 것.

그런데 도리어 상대가 자신을 원할 줄이야.

오늘 돈을 건네면서 자신을 받아달라고 청하려고 했었는데 이거야말로 좋은 일이 아닌가?

"고마우신 제안에 감사드립니다. 도리어 제가 청하려던 것이었거든요."

"그래? 이거 마음이 통했나 보군. 일단 가보면 알겠지만, 내가 돈이 조금 많아. 한 달에 대략 금자 만 냥은 순수익으로 남겨 먹거든."

"순수익이라고 하셨습니까?"

순수익으로 금자 만 냥이라고? 그것도 한 달에?

혈서생의 고운 두 눈이 크게 뜨이며 경악을 표시했다.

"그렇지. 현재 산서성의 의료 분야는 내가 꽉 쥐고 있거든. 산서성 전체에서 들어오는 돈이 상당하지. 그런데 돈이 들어오고만 있고, 제대로 쓰지는 못하고 있는 형편이었어."

"그렇군요. 돈을 그대로 묵힌다면 그것은 그리 좋은 일은 아니지요. 제가 해야 할 일이 무엇인지 대략 알 것 같습니다."

이번에는 또다시 은은하게 미소 짓는 혈서생이었다.

장호는 그렇게 천변만화하는 그의 표정을 보면서 참 예쁘장하다고 생각했다.

　하오문의 조사 때문에 그의 특이한 성벽과 그가 익힌 마공에 대해서도 알게 된 장호였다.

　여성의 정혈을 갈취해야만 연공이 가능한 음사마공.

　그런데 혈서생은 음사마공을 익히면서도 여성을 죽인 적이 없었다.

　넉넉하게 돈을 주고 창기를 사서 해결한 것이다.

　게다가 창기를 살 적에 남창도 같이 사야 했기에 그는 돈이 두 배로 들었다.

　그래도 어찌저찌 해서 절정의 경지에 이르렀으니, 그도 꽤나 뛰어난 사람이라고 보아야 했다.

　여하튼 그는 사파가 득세하는 이 지역에서 살아왔지만, 사실 악인은 아닌 참으로 기묘한 인물이었다.

　어쩌면 그 성벽 때문일 수도 있고, 기구하게 꼬인 운명 때문일 수도 있었다.

　"좋아. 그러면 앞으로 나를 문주라고 불러."

　"예, 문주님. 그러면 제 직책은 어찌 되는 것입니까?"

　"의선문 내총관으로 임명하지."

　"소인을 믿어주셔서 감사드립니다. 그 신의에 이 몸을 다 바치겠습니다."

그렇게 가볍게, 혹은 무겁게 혈서생 임진연은 장호의 문파에 문도로 가입하게 되었다.

                    *   *   *

  장호 일행은 광동성을 떠나 북진을 시작했다. 그들은 호남성을 가로지르고 있는 중이었다.

  혈서생은 일행과 썩 잘 어울렸다.

  알고 보니 꽤나 재치있는 사람이었고, 사교성도 제법 되었던 것이다.

  "깔깔깔! 그래서요?"

  "그래서는 뭐가 그래서겠소? 그때 혈선도라고 떠벌이던 놈의 엉덩이에 불로 지진 인두를 꽂아 넣었지."

  "으히익! 배, 배 아파!"

  비검랑은 혈서생의 말에 자지러지듯이 웃어버렸고, 장호도 그의 말에 웃고 말았다.

  혈서생이 아직 떠돌아다니던 때의 경험담들은 확실히 재미가 있었던 것이다.

  "혈랑도, 장사까지는 얼마나 남았지?"

  "이틀 정도 더 가면 될 겁니다."

  장사는 호남성의 성도이다.

수천여 년의 역사를 가진 대도시인데, 바로 위에 거대한 호수인 동정호가 있다.

이 동정호를 통해서 배를 통해서 무역이 활발하고, 장사 자체도 중원에서 손꼽히는 곡창지대라서 부유하기 이를 데 없는 곳이었다.

그리고 이 장사에는 하나의 가문이 자리하고 있다.

바로 무림칠대세가 중 하나인 제갈세가의 본가가 장사에 있는 것이다!

제갈세가 하면 칠대세가 중에서도 상위를 다투는 거대한 가문이다.

그들의 지모는 확실히 강호에서 누구나 인정하는 것이 아니던가?

게다가 제갈세가의 독문절학인 현원전단신공(玄元全檀神功)은 강호에서도 알아주는 신공절학급 내공심법이었다.

다만 현원전단신공에 대응하는 무공이 조금 빈한한 것이 약점으로 알려져 있지만, 그럼에도 강호에서 무시할 수 없는 거대 세가였다.

그런 제갈세가와는 장호도 인연이 있었다.

제갈화린의 언니인 제갈소여와 만난 적도 있고, 실제로 일전에는 제갈화린이 와서 장호의 치료를 받았던 적도 있지 않던가?

그때의 인연으로 제법 아는 자가 생긴 셈이다.

그 당시에 제갈화린의 완치법을 가르쳐 줄 테니 무공 비급을 내놓으라고 제안했었다.

그런데 지금까지 연락이 없는 것을 보면 아무래도 거절당한 모양이라고 생각했다.

하기사.

장호가 구하지 않았도 나중에 선검문의 전인이 나타나 그녀를 구해주게 될 것이다.

그리고 두 명은 사랑에 빠지겠지.

어차피 장호가 천년화리를 건드리지 않으면 그렇게 흘러가게 되어 있으니, 굳이 끼어들 일은 또 없을 것이다.

여하튼 장호 일행은 그렇게 서로를 적당히 알아가면서 북진을 계속하고 있었다.

혹시 의선문에서 걱정할까 봐 대도시에 들릴 때마다 전서구도 한 번씩 보내고 있는 중이었다.

그렇게 일행은 제법 빠르게 움직여서 결국 장사에 도착했다.

"장사는 참 오랜만이지만, 여전히 번화하군."

장호는 장사를 보면서 감회에 젖은 눈을 했다.

전생에 다른 전우들과 여기에 모였었다.

신비분파 선검문의 전인 진무룡, 제갈세가의 재녀 제갈화린, 독공의 고수로 알려진 독혈독수(毒血毒手) 당인, 개방의 장로 타개(打丐) 서문공, 벽력권의 달인 개산신권(開山神拳) 황보중호, 그리고 바로 장호 자신.

그들이 최종적으로 모였던 곳이 바로 이 장사였고, 제갈세가의 장원이었다.

장사는 태원에 비하면 정말로 거대한 대도시다.

태원의 인구가 십만이라고 하지만, 이곳 장사는 그 인구가 여섯 배가 넘는 육십오만 명에 달한다.

가히 소국을 세우고도 남을 곳이 바로 이 장사였다.

그뿐인가?

이 호남성이라는 곳 전체가 사실 산서성보다 인구가 두 배쯤 더 많았고 물산도 풍부한 곳이었다.

즉, 부유한 지역이라는 것이다.

그런 지역을 혼자 독식하고 있는 제갈세가는 얼마나 거대한 가문이겠는가?

이 제갈씨족들이 천하에 명성을 높일 만한 이유가 여기에도 있는 점이다.

즉, 지리적인 이점으로 세를 불리기에 적합하다.

아마도 제갈세가에서 한 달에 벌어들이는 순수익만 해도 거의 금자로 십만 냥은 넘을 것이다. 물론 그만큼 큰돈을 쓰겠지만.

여하튼 제갈세가의 장원은 너무 커서 장사 성의 외곽에 있었다.

아예 장사성의 북동부 구역 전체가 제갈세가의 것인 것이다.

"여기입니다, 문주님."

"제법 크네."

"그래도 문주님께서 허름한 곳에서 묵으시면 안 되지 않겠습니까?"

일행을 안내하고 있는 것은 혈서생이다.

혈서생은 제법 여기저기 떠돌아다녔었는지 여기 장사에서 대해서도 잘 알았다.

그가 안내한 것은 오행객잔이라고 하는 팔 층 높이의 높다란 전각을 가진 거대한 객잔이었다.

혈서생의 말로는 이 오행객잔은 제갈세가에서 직접 운영하는 곳으로 거상들이 자주 이용하는 곳이라고 했다.

과거에 혈서생도 여기서 몇 번 머무른 적이 있다나?

여하튼 혈서생의 안내로 일행은 오행객잔의 삼 층에 자리 잡았다.

삼 층이면 하루 숙박료만 은자로 이십 냥을 내야 하는 비싼 곳이다. 거상들이나 묵는 곳이라고 했다.

방은 총 세 개를 빌렸다.

장호가 하나, 비검랑이 하나, 그리고 남은 셋이 묵는 방이 하나.

예전에도 방은 이렇게 했었다.

다만 비검랑의 방은 이 층 방이다. 그녀 혼자 쓰기 때문에 내려진 결정이었다.

여하튼 그렇게 묵기로 하고서 짐을 푼 장호 일행은 느긋하게 씻고서 식당으로 내려와 식사를 시작했다.

"한 며칠 정도는 여기서 쉬다 가지."

"무슨 특별한 이유라도 있으신가요?"

혈서생은 마치 총관처럼 굴면서 장호의 의중을 살폈다. 사실 그가 의선문 내총관에 내정되었으니 틀린 태도는 아니었다.

다만 비검랑과 궁귀, 그리고 혈랑도의 시선이 묘할 뿐이다.

"그간 너무 여기저기 돌아다녔거든. 여독을 좀 풀까 하고."

"옳으신 말씀이시군요. 그러면 열흘 정도 어떠신지요?"

"좋네, 열흘. 딱 그 정도만 쉬자고."

"예. 그리 연장해서 방을 계약해 두겠습니다."

혈서생은 그렇게 말하고는 일을 처리했다.

그렇게 두런두런 이야기를 나누고 식사도 하는 와중이었다.

장호의 고개가 순간적으로 홱! 하고 돌아갔다.

그것은 하나의 강렬한 기운을 느꼈기 때문이었다.

장호는 초절정의 경지에 오르고 기감이 확장되어 있는 상태였다.

적어도 백 장 거리 내의 기척을 기감을 통해서 알아챌 수가 있다.

물론 항시 가능한 것은 아니고, 기감을 운용할 때에만 가능한 일이긴 하다.

때문에 만능은 아니며 제한도 제법 컸다.

그러나.

제한적인 능력이지만 자신의 근거리로 강렬한 기운을 가진 이가 다가오면 자동적으로 알아차릴 수는 있었다.

지금이 그런 것이었다.

강하다.

아주 강하다.

그런 기운을 가진 자가 오행객잔을 향해 다가오고 있었다.

끼익.

문을 열고 몇 명의 사람이 들어왔다. 그들은 단정한 무복을 입었고, 어깨에는 화격단이라는 수가 놓여 있었다.

"화격단?"

화격단.

제갈세가에는 이원, 삼각, 오단, 육대가 있다.

이원은 장로원과 가주원을 뜻한다. 최고의 수뇌부가 여기에 속한다.

삼각은 세가를 실질적으로 통치하는 실무진들이 포진한 곳이다.

암각, 무각, 의각으로 되어 있었다.

암각은 정보를, 무각은 무력 세력을, 의각은 의술을 담당한다.

오단은 암각이나 의각에 속하지 않는 완전히 무각만의 세력이다.

이들 오단은 따로 오행무단이라고도 불린다.

오행의 속성에 따라 만들어진 단체이기 때문이다.

그중에서 화격단은 현원전단신공을 분할하여 만든 현원화련공을 익힌 자들이 속한 곳이었다.

현원전단신공은 몹시 난해하고, 그 핵심 무론은 오행상성과 상극의 이치를 따른다.

너무 어려워서 익히다가 주화입마 걸리기 십상이라 그것을 쉽게 풀이한 것이 현원공이다.

현원화련공, 현원수련공, 현원목련공, 현원금련공, 현원토련공.

이렇게 다섯 가지로 나누게 되는 것이다.

화격단은 그중 현원화련공을 익혔는데, 이것만 해도 상승절학이라고 부를 수 있는 내가심법이었다.

애초에 현원전단신공이 신공절학이니 그것을 쪼개었다고 해서 급격하게 약해질 리가 없지 않은가?

여하튼 오단은 제갈세가의 주력무력 단체였고, 대부분이 일류무사이거나 절정무사로 구성되어 있었다.

그 밑으로는 육각이 있다.

육각은 아직 실력이 미진하여 오단에 들어갈 실력이 안 되는 가문의 어린 무사들이나 혹은 외부에서 유입된 무인들로 이루어져 있는 집단이었다.

그런데 육각도 아닌 오단의 화격단이 나타날 줄이야?

게다가 장호가 느낀 강함은 꽤나 강렬했다. 적어도 상대가 초절정의 경지에 이른 이인 셈이다.

물론 상대가 초절정의 상승고수라고 해서 딱히 두려운 것은 아니다.

이미 장호는 초절정고수 두세 명 정도는 혼자 상대해서 격살할 수 있는 실력이 있었으니까.

하지만 그렇다고 해서 경계를 안 할 수는 없다.

상대는 강자니까.

여하튼 화격단원 네 명이 들어왔고, 한 명의 몹시도 아름다운 소녀인지 여인인지 모를 여성이 같이 들어왔다.

장호는 그녀를 어디선가 봤다는 생각이 들었는데, 잘 기억이 안 났다.

그런데 그녀가 그 강자를 대동하고서는 장호 자신에게 척척 걸어오는 게 아닌가?

그리고 그녀가 전면에 도착했을 때.

장호는 그녀를 기억해 냈다.

제갈소여.

뭐야? 그 어렸던 꼬맹이가 이렇게나 커버렸어? 와, 제법 미인이 되어버렸는데?

장호는 속으로 그렇게 감탄했다.

제갈소여는 장호보다 한 살이 어렸다.

지금 장호가 스무 살이 되었으니, 그녀의 나이는 이제 열아홉 살.

그런데 과거와는 비교도 할 수 없을 만큼 성장한 것이다.

우선 키가 훌쩍 컸다.

장호보다야 작지만, 여자치고는 지나치게 크다고 할 정도로 키가 커져 버린 것이다.

그런데 그 몸매가 아주 늘씬했다.

옷에 가려져 있음에도 언뜻 만들어지는 굴곡이 보통이 아니었던 것.

게다가 그 피부는 어떤가?

티 한 점 없는 옥처럼 매끄러웠고, 그 눈동자는 크고 동그래서 몹시도 아름다웠다.

그런 그녀를 처음에 척 보고 알아보기에는 확실히 무리가 있었다.

어렸을 적에도 미소녀였지만, 지금은 아주 엄청난 절세미녀가 되어 있었기 때문이다.

"오랜만이야."

그녀는 장호에게 툭 하고 말을 내던졌다.

장하고 있던 장호의 일행은 그 말에 놀라야 했다.

"그렇네. 확실히 오랜만이지. 잘 지냈어?"

장호의 평이한 대답에 장호 일행이 도리어 놀랐다.

상대는 제갈세가의 꽤나 귀한 여식 같아 보였다.

그런데 반말이라니?

"잘 지냈다고도 할 수 있고, 아니라고도 할 수 있지."

"그래? 나를 부르지 않은 것을 보니 네 동생은 멀쩡한가 봐."

"그건 여기서 할 이야기는 아니야. 그렇지 않아도 너를 찾아가려고 했는데 잘됐어."

"나를?"

"응."

"흐음."

"본 가에 초대하려고 하는데. 갈 거지?"

그녀의 질문에 장호는 고개를 끄덕였다.

"그러지."

그렇게 장호 일행은 제갈세가에 가게 되었다.

第十章

이것이 바로 내공의 힘

힘이 강할수록,
결정해야 할 일이 많아진다.

격언

"살다 보니 제갈세가의 초대도 다 받아보고 아주 좋은데."

제갈세가의 장원은 거대하다.

제갈세가의 혈족과 혹은 무인을 제외한 식솔만 해도 천여 명이 거주하고 있을 정도다.

그들은 제갈세가의 장원을 관리하는 것이 주 업무이다. 당연하지만, 그만큼 손님을 위한 방도 많았다.

이른바 빈청이라고 부르는 곳과 접객청이라고 부르는 곳이 그것이다.

여기에는 제갈세가에 머무르면서 용돈을 받거나, 밥을 축내는 빈객이라고 부르는 작자들도 머문다.

그리고 빈객의 경우 대부분 제법 한가락 하는 사람으로서 육각이나 오단의 인물들보다 강한 자가 많았다.

최소한 육각의 무인들보다는 강한 것이 빈객들이다.

제갈세가에도 빈객이 제법 머물고 있어서, 그들의 수가 백여 명에 달했다.

빈객들은 사실 일종의 손님이었기 때문에, 떠나려면 언제든지 떠날 수 있다.

정식으로 고용되지는 않은 상태로 세가의 밥을 축내는 그들은 유사시에는 요긴하게 쓰이고는 한다.

이 빈객이라는 형태의 관습은 춘추전국시대에 생겨난 것으로, 인재를 수급하기 위한 제도 비슷한 것이기도 했다.

여하튼 장호는 그런 빈객들이 머무는 빈청이 아니고, 외부에서 온 손님들을 잠시 머물게 하는 접객청에서 머무는 중이다.

그리고 당연하지만, 장호는 방을 하나만 따로 배정받았다.

"표정은 그렇게 보이지 않아 보이는데?"

"내 표정이 어디가 어때서?"

그리고 그런 장호의 방에는 지금 장호 외에 한 명이 더 앉아 있었다. 엄청난 절세가인으로 변신하고 만 제갈소여였다.

"전혀 좋아하는 표정이 아니니까."

"내가 애야? 이런 걸로 좋아하면서 방방 뜨게? 설마 제갈세 가에 초대되었다고 방방 뜨는 덜떨어진 놈들이 있는 건 아니 겠지?"

"있던데?"

"헤……."

장호는 어이가 없다는 표정을 지어 보였다.

"뭐, 세상에는 미친놈이 많으니까."

장호는 그렇게 말하고는 결론을 지었다.

그렇다, 세상에는 미친놈은 많다.

그러니 자기가 뭐라고 할 수 있는 것은 아니지 않은가.

"여하튼 나를 찾았다며?"

"그래."

"이유는?"

"화린이 때문에."

"내가 완화법은 가르쳐 줬잖아?"

그랬다. 장호가 치료법은 가르쳐 줄 수 없었으나 완화법은 가르쳐 주었다.

몸 안의 한기를 꾸준히 제거하는 비법.

이것만 해도 엄청난 비법이었다.

강호에서 이 비법을 아는 의원의 수는 세 손가락 안에 들어 가니까.

여하튼 완화법이면 죽지는 않게 할 수 있었다.

대신 제대로 자라지도 못한다. 아마 성인이 되어도 어린 유아처럼 보이게 될 터였다.

어쩔 수 없었다.

그게 절맥증의 폐해니까.

"구했어. 천년화리."

"정말로? 그걸 어떻게 구했대?"

아니, 그걸 어떻게? 선검문의 그놈이 벌써 나올 시기가 아닌데?

비록 전우지만, 장호는 선검문의 전승자를 그렇게 좋아하지는 않았다.

정확히 말하자면 아니꼬워했다.

신비문파라는 선검문의 일인전승 제자로 채택되어 어렸을 적부터 신공절학을 별문제 없이 수련하다 튀어나온 놈 아니던가?

이게 무슨 소설 주인공도 아니고. 아주 짜증이 나는 놈이었다.

물론 선검문의 전인은 마음도 넓고 좋은 인간이었다.

사실 그래서 조금 더 아니꼬웠던 것일지도 모른다.

"어떻게 구하게 되었어. 그런데… 상황이 안 좋아."

"의각은?"

제갈세가의 의각은 솜씨가 좋다.

의각주는 천하십대명의 중 하나라고 불러도 손색이 없을 솜씨다.

천하십대명의라고 하면 거창해 보이지만 상급 명의들을 대충 묶어서 부르는 형편이었다.

당연히 천하십대명의의 수좌는 황궁 어의다.

지금에 와서는 황궁 어의와 장호의 실력이 엇비슷할 거라고 생각되지만, 여하튼 그랬다.

의각주면 장호에 비해서도 그리 뒤떨어지지 않는다.

도리어 의학 지식과 연륜은 장호를 뛰어넘을 터.

장호가 더 뛰어난 것은 사실 기공치료와 약리학 때문이었다.

그리고 절맥증의 경우 전생에 한 번 심도 깊게 연구한 바가 있었기 때문이고.

"의각주님은 제어만 하고 계셔. 생각보다 천년화리의 내단 약효가 약하다고 하셨거든."

"으음."

아직 연차가 덜 찼나?

선검문의 그놈이 천년화리를 챙겨 오는 것보다 이르다면, 확실히 연차가 적을 수도 있다.

그렇다면 약효가 미진했다고 볼 수 있었고, 병이 중구난방으로 발작하고 있을 거라는 예상도 할 수 있었다.

"어떤데?"

"안 좋아. 발작하고 있어."

"확실히 안 좋군."

이걸 다행이라고 해야 하나?

발작이 일어난다는 것은 천년화리의 내단과 절맥의 음기가 싸운다는 이야기다.

약력과 병력이 싸우는 중이기에 발작이 일어난다는 것.

그렇다면 여기서 약력을 더 북돋아주면 병이 나을 수가 있다.

그리고 현재 장호에게는 제법 귀한 물건이 있었다.

이백 년 묵은 영지버섯과 회호의 내단이다.

물론 이 둘 다 제갈화린을 고치는 데에는 큰 도움이 안 된다.

그러나.

장호가 여기서 이걸 영약으로 만들어 먹어서 내공을 급진시키면 이야기가 달라진다.

그렇지 않아도 거의 이 갑자에 달하던 내공이다.

이걸 먹으면 확실하게 이 갑자를 넘게 된다.

정확히는 백오십 년 공력까지는 확보할 수 있을 것이다. 이 갑자 하고도 반 갑자의 공력을 얻게 되는 셈.

숫자로 치면 이 갑자 반이라고 해야 할 것이다.

그리고 그 정도 공력을 가지게 되면 장호의 선천의선강기를 사용해 기공치료를 행할 수 있게 되고, 제갈화린을 완치뿐만이 아니라 벌모세수를 시켜줄 수도 있을 정도가 된다.

보통 벌모세수를 하는 이의 내력은 이 갑자가 넘어야 하고, 벌모세수할 적에 진원진기도 조금 손상당하게 마련.

그러나 장호는 내단을 형성하여 진원진기를 소모하지 않는 상태였다.

생각해 보면 천년화리가 없었어도 장호의 내공이 확실히 이 갑자를 넘었다면 제갈화린을 치료할 수 있었을지도 모른다.

"그래서 나를 찾으려고 했다?"

"하오문에 의뢰하니 광동성에 있다고 했어. 그래서 그쪽으로 출발하려고 했는데 북상하여 장사로 향한다고 하길래 기다렸지."

"현명하구먼."

"우리는 제갈씨야."

"어련하시겠어. 그래서? 의각에서도 해결 못한 것을 나에게 해결해 달라고? 제갈세가의 혈족들은 전부 동의했나?"

"응, 했어."

그 단호한 대답에 장호가 더 놀라고 말했다.

아니, 그때 그 어린 여아가 왜 이렇게 당차게 변한 거지?

제갈씨족의 피가 다르긴 다른 건가?

"그러고 보니 뜬금없지만 궁금한 게 있는데……."

"뭔데?"

"현원전단신공을 익히면 두뇌가 자극되어 오성이 발달된다는 게 사실이야?"

"사실 맞아."

"우와!"

장호는 감탄했다.

현원전단신공이 제갈세가의 신공절학이지만, 이에 대한 이야기는 제법 많은 편이다.

그중 하나가 바로 머리가 좋아진다는 것.

기억력 향상은 물론이고, 여러모로 머리가 좋아진다는 것이다.

때문에 현원전단신공을 익히면 바보도 수재 정도는 된단다.

물론 너무 난해하고 어려운 내공심법이라서, 오성 이상 익히는 것 자체가 애초에 머리 좋았던 자들 외에는 불가능한 것이 단점이다.

즉, 애초에 머리가 좋던 놈들이 이걸 익혀야지만 대성을 할 수 있고, 그렇게 대성한 녀석들은 천재급의 두뇌를 가지게 된다는 것이다.

천재 중의 천재가 이걸 익히면?

초천재가 되겠지.

제갈세가의 사람들이 머리가 좋은 것에는 이런 비밀이 있었던 것이다.

물론 공공연한 비밀이다.

아는 사람들은 다 안다.

현원전단신공이 그러한 무공이라는 것.

저 화산파의 자한신공이라든가, 소림사의 반야심공에 대한 이야기도 강호에는 어느 정도는 퍼져 있지 않던가?

하도 거대하고 유명하다 보니 이야기가 안 돌 수가 없는 것이다.

"그런데 그건 왜?"

"아니, 내가 완치를 시킬 수는 있을 것 같은데 저번에 말한 것처럼 상승무공 두 개 얻을 수 없나 해서."

그러고 보면 장호는 일전에 혈살절생도의 비급을 입수한 바가 있었다.

절도문을 박살 내고 얻은 것인데, 이게 혈생심공이라는 내공심법이 포함된 것이라 당장은 장호가 익힐 수 없는 무공이었다.

상승절학이고, 공격력만 치면 장호가 만들어냈다고 할 만한 육벽권검보다도 우위에 있는 도법이었다.

그러나 내공이 안 맞으니 그 위력이 반감되고 있어서 수정이 불가피했다. 그렇기에 장호는 상승무공을 추가로 얻고 싶어 했다.

"이미 준비해 뒀어."

"엥? 정말?"

"본래는 너에게 치료를 받으려고 했고, 그래서 준비했었으니까."

"그러다가 천년화리의 내단을 얻었고, 지금에 이르렀다?"

"응."

그렇다면 앞뒤가 맞는다.

"그래서, 준비한 무공은 뭔데?"

"중면장(重勉掌)과 유령보(幽靈步)."

장호는 중면장은 처음 들어보는 무공이나 유령보는 들어보았다.

이제는 전설 속으로 사라진 문파인 마교의 비전무공 중 하나가 아니던가?

본래는 유령마보, 혹은 유령신보라고 불리었던 이 무공은 은신과 기습에 기가 막힌 위력을 발휘하는 무공이었다.

다만 유령보를 익히려면 유령마공이라고 부르는 내가심법을 익혀야 했다.

"유령마공도 포함한 거야?"

끄덕.

제갈소여의 말에 장호는 심각한 표정이 되었다.

유령마공은 마공이기는 하지만 딱히 사악한 수련법이 필요한 것은 아니었다.

다만 문제가 없는 것은 아니다.

마기를 기반으로 해서 심성에 영향을 끼친다.

"흐음, 당장 나에게 이익은 아니지만… 연구를 하면 쓸 만하겠군. 아니지. 이거 제갈세가에서 연구했을 거 아냐? 부작용을 없애고 만든 무공. 그건 안 주고, 이걸 준다고?"

"그건 연구를 오래해서 본가에서 투자한 것이 많아. 그걸 줄 수는 있지만, 그럴 경우 중면장은 못 줘."

"하나만 받아야 한다? 중면장은 뭔데?"

"그건……."

제갈소여는 중면장에 대해서 설명을 시작했다.

무거울 중에 강요할 면.

즉, 무거움을 강요한다는 이 장법은 말 그대로 패력을 중점으로 하는 무공이었다. 독특한 내공 운용법을 통해서 팔에 강대한 무게와 힘을 싣는 장법이라는 것이다.

실제로 중면장으로 두툼한 강철판도 일격에 우그러뜨릴 수 있다는 것.

동일한 내공을 가지고도 다른 장법이나 권법으로는 할 수 없는 일이라고 설명했다.

다만 그 무거운 때문에 속도는 떨어지는 단점이 있다.

물론 그것은 초절정고수들도 느끼기 어려울 정도이긴 하다.

이래봬도 상승절학인 것이다.

장점이라면 어떤 내공심법으로 사용하든 문제가 없다는 것.

장호는 이 중면장도 몹시 끌린다는 것을 느꼈다.

그의 육체 능력이 엄청나게 발전하다 보니 순수한 힘만으로도 절정고수를 고꾸라뜨릴 수 있을 정도가 아니던가?

그런데 이 중면장을 사용하면 가히 역발산기개세의 위력을 보여줄 수 있었다.

일격에 집채만 한 바위를 박살 낼 수도 있다는 의미다.

게다가 그 정도 되면 더 이상 내가중수법이고 뭐고 할 필요도 없어진다.

역발산기개세의 괴력으로 후려치면?

아무리 고수라고 해도 뼈가 부러지고 내장이 흐물흐물해질 것이다.

아니, 아예 일격에 육편이 되어 흩날리게 될 수도 있다.

외공의 고수도 마찬가지다.

제아무리 도검불침이라고 해도 그 정도 괴력에 맞으면 죽지 않을 수 없으리라.

물론 금강불괴정도면 어떨지는 모르겠다.

하지만 확실히 탐나는 무공이었다.

중면장과 유령보를 동시에 얻느냐.

아니면 중면장을 포기하고 개량되어 안전해진 유령보를 얻느냐?

어떻게 해야 하는가?

장호는 고심해야 했다.

개량된 유령보도 엄청나게 쓸 만하다.

일단 장호의 최대 약점은 보법과 경공이 약하다는 것.

흑점에서 사들여 수련한 보법이 절정의 것이긴 하지만 상승절학인 유령보만은 못하다.

게다가 유령보는 은신이 특징.

어디 몰래 숨어 들어간다거나, 도주를 해야 한다면 몹시 쓸 만한 무공이었다.

어떻게 할까?

"일단 치료부터 하고 받지. 고민을 좀 해봐야겠어."

"통이 크네."

"나는 원래부터 통 컸어. 그때도 그랬잖아?"

장호의 말에 제갈소여는 살포시 미소를 짓는다.

"그랬지⋯⋯."

"그럼 당장 진료부터 할까? 안내해 줘."

"좋아."

그렇게 장호는 제갈화린을 치료하러 가기로 했다.

✳   ✳   ✳

장호가 안내된 곳은 약 향이 진하게 감도는 하나의 방이었다.

그곳에는 아직도 작고 여린 소녀가 누워 있다.

피부는 너무나도 하얘서 마치 달빛 같아 보이고, 길고 가느다란 머리카락이 곱게 자라나 있다.

두 눈을 감은 소녀는 마치 생명력이 없는 듯한 아름다움을 보여주었다.

나이는 이제 열 살이 되어 보이는 소녀.

그러나 장호는 이 외견이 실제와는 다르다는 것을 안다.

소녀 제갈화린과 장호의 나이는 여섯 살 정도 차이가 난다.

즉 그녀는 지금 십사 세라는 말이다.

그런데 십사 세여야 할 소녀가 아무리 보아도 열 살 정도의 어린아이로 보이는 것에는 이유가 있었다.

바로 절맥 때문이다.

절맥이 생명력을 갉아먹어 왔고, 때문에 그녀는 제대로 자라지 못하였다.

너무 큰 능력을 가지고 태어나면 하늘이 질투를 한다고 하던가.

절맥증이 그러했다.

인간을 초월하는 오성을 지니고 태어나지만, 그 절맥 때문에 제대로 살아남는 이가 존재하지 않았다.

장호는 그런 소녀에게 다가가 거침없이 손목의 맥을 잡았다. 그리고는 천천히 내공을 불어 넣었다.

초절정의 경지에 이르러 기감을 획득하게 되면서 장호의 진료와 치료는 확실히 진일보하였다.

상대의 몸 안 구석구석을 눈으로 보고, 만지는 것처럼 생생히 알 수 있게 된 것이다.

지그시 눈을 감고 선천의선강기로 내부를 구석구석 살피면서 장호는 제갈화린의 상태를 확실히 알게 되었다.

안에서 두 개의 기운이 충돌하며 싸우고 있는 중이다.

정확히 말하자면 제갈화린의 몸속 다섯 개의 대혈에서 음기가 끊임없이 생겨나고 있었고, 제갈화린의 단전에서 솟구치는 양기가 그 음기들과 부딪치고 있는 중이다.

단전의 양기는 분명히 천년화리의 내단일 터.

다섯 대혈의 음기는 오음절맥의 음기였다.

문제는 천년화리의 내단으로 만든 영약이 영원히 양기를 만들어내지는 않을 것이라는 점이다.

그렇다고 확실하게 다섯 대혈의 음기를 제어하지도 못하고 있다.

"어때?"

"생각대로 안 좋아."

"치료는?"

"가능해. 다만 준비가 조금 필요해. 시간도 그렇고."

"얼마나?"

"나흘 정도? 일단 내가 얘를 치료하려면 내 내공이 빵빵해야 하거든. 잠깐 약제실을 써도 되지?"

"응. 모든 것을 지원하라고 해뒀어."

"그래? 좋은데."

장호는 빠르게 계산했다.

자신의 선천의선강기를 단전에 들이부으면 그 힘은 천년화리의 내단으로 만든 영약과 합쳐져 단번에 무시무시한 양기를 만들어낼 것이다.

정순하기 때문에 어떤 내공과도 빠르게 섞일 수도 있는 선천의선강기의 힘 때문이다.

양기와 접하여 치료용으로 사용하면 양기가 되어버리니까.

그렇게 불어난 양기를 제어하여 다섯 대혈의 음기가 생성되는 지역을 환골탈태를 하듯이 벌모세수시키면 제갈화린은 낫게 될 거다.

"그러면 신세를 좀 질게."

장호는 그렇게 말하고는 약제실로 향했다.

*　　　*　　　*

회호의 내단.

이백 년 근 영지버섯.

백 년 근 산삼.

이렇게 세 개의 귀물이 장호의 손에 있었다.

회호의 내단은 그냥 먹어도 적어도 이십 년의 내공을 얻을 수 있어 보였고, 영지버섯은 대략 십 년에서 십오 년.

산삼은 사오 년의 내공은 얻을 수 있을 것 같았다.

문제는 성격이다.

회호의 내단과 백 년 근 산삼은 양강지물.

즉, 양기가 충만한 영약인 셈이다. 그러나 영지버섯은 어찌 보면 음기에 가까운 영약이었기 때문에 조합하는 방법이 몹시 중요했다.

그리고 장호는 이런 종류의 일에는 제법 조예가 깊었고, 의선문에는 비전의 영약 제조법이 존재한다.

진기정련.

이것이야말로 의선문 비전의 영약 제조법으로, 영약을 제조하려는 의선문의 의원이 선천의선강기를 사용하여 만들어지는 영약을 정련하는 것을 뜻했다.

두 손에서 선천의선강기를 뿜어내고, 그것을 영약에 스며들게 하는 것이 바로 주요 방법인데, 이게 어마어마한 효과를 가지고 있어 영약을 만드는 데에 큰 도움을 주는 것이다.

장호는 이 방법에 따라서 하루를 꼬박 사용하여 하나의 걸쭉한 탕약을 만들어내었고, 그것을 꿀딱 먹어버렸다.

세 가지 귀물에 비해서는 떨어지지만 충분히 비싼 여러 재료를 넣고 만든 탕약은 아주 걸쭉해서 액체라기보다는 죽이라고 보아야 될 정도였다.

그걸 먹어버린 장호는 연공실을 하나 빌려 먹은 영약의 기운을 선천의선강기로 변환하기 위해서 모진 애를 써야만 했다.

치이이익!

장호의 전신으로 강렬한 기운이 요동친다.

세 가지 귀물을 선천의선강기로 정련했기 때문일까?

그 힘이 완전히 하나로 합쳐져 어마어마한 효과를 보이고 있는 중이었다.

장호의 단전에 자리한 내단으로 강대한 기운이 들어차기 시작했고, 그것은 이내 장호의 전신으로 뻗어나가기 시작한 것이다.

이윽고 시간이 지났을 때.

장호는 모든 영약의 기운을 선천의선강기로 변환하는 데에 성공하고 두 눈을 떴다.

번쩍!

강렬한 신광이 장호의 두 눈에서부터 뻗어져 나갔다가 사그라들었다.

"기연은 기연이군."

장호는 자신의 몸에 일어난 변화를 단번에 체감했다.

우선 내공이 무려 삼 갑자에 가까워진 것이다.

즉, 이번 영약을 먹음으로써 일 갑자의 공력을 얻은 것!

삼 갑자에서 대략 십 년치의 내공이 모자란 상태이지만, 의선문 역사상 가장 고강하고 강대한 내공을 쌓게 된 것이라고 볼 수 있었다.

의선문이 생겨난 이후로 이 갑자 넘게 내공을 모은 이가 단하나도 없었으니, 그야말로 전인미답의 경지인 셈.

게다가 변화는 거기서 끝나지 않았다.

장호는 전신에 이는 힘이 과거와 완전히 달라졌음도 알

았다.

우선 장호가 느끼기로 금강철신공의 경지가 단번에 십성을 넘어선 것 같았기 때문이다.

단지 도검불침을 넘어서, 이제는 검기라고 할지라도 아무런 피해를 입히지 못하는 육신이 된 것.

그뿐이 아니었다.

오감각 전부가 영약을 섭취하기 전과는 비교도 할 수 없을 만큼 강화되어 있었다.

시각, 청학, 후각, 미각, 촉각이 너무나도 달라진 것이다.

당연하지만 체력과 근력에도 변화가 생겼다.

이 정도면 이미 천생신력을 타고난 이들보다도 근력이 더 강할 것으로 보였다. 괴력난신의 힘이라고 해야 할까?

비록 화경의 경지에 오른 것은 아니지만, 장호는 이제 자신이 초절정고수 중에서는 독보적인 존재가 되었다는 것을 깨달았다.

이 정도의 힘이면 비록 화경의 경지에 이른 이라고 할지라도 장호를 얕볼 수 없을 정도였으니 말을 다 한 셈이다.

"후아, 이거… 너무 강해진 거 아니야?"

만약 깨달음을 얻게 된다면. 그래서 다음 경지로 올라설 수 있다면.

어쩌면.

강호십대고수가 될 수 있을 지도 모른다.

장호는 그렇게 생각하며 피식 웃었다. 그리고는 자리를 털고 일어섰다.

이제 제갈화린을 치료할 차례였다.

第十一章

이거 기연이잖아?

준비된 자만이 기회를 잡을 수 있다.

옛 격언

의원귀환

제갈손호.

　제갈세가의 의각을 맡고 있는 사람으로, 그 실력은 천하십대명의 중 하나로 손꼽힐 만하다는 평가를 받는 이였다.

　의각주이다 보니 당연하지만 의술에 뛰어나고, 두뇌도 뛰어나서 현원전단싱공을 칠성까지 익힌 사람이었다.

　그의 외모는 조금 특이했는데, 깡마른 데다가 좌우의 눈이 조금 심하게 짝짝이였다.

　좌측의 눈은 가늘고, 우측의 눈은 조금 크니 남들이 보면 늘 불만을 가진 것 같은 표정으로 보였다.

여하튼 그런 제갈손호가 의복을 갈아입고 나오는 장호의 앞에 불쑥 나타났다.

"자네가 의선문의 문주인가?"

제갈손호는 의각주이기도 하지만, 현 가주의 삼촌이기도 했다.

나이가 이미 여든둘이나 되는 고령인 것이다.

강호의 예법으로 따지면 전대 가주와 항렬이 같기 때문에 어지간한 문파의 문주와 장문인에게 하대를 해도 별로 상관 없는 인물이기도 했다.

장호도 그런 제갈손호에 대한 이야기는 들어본 바가 있다. 다만 너무 고령이라 장호가 서른 살이 될 때 즈음에 수명이 다하여 귀천한 것으로 들었기도 하다.

그런 그의 등장과 질문은 무례하다고도 볼 수 있는 것이지만, 장호는 개의치 않기로 했다.

전생과 현생을 합하면 마흔 살을 훌쩍 넘기는 장호지만, 상대는 그런 것을 고려해도 장호보다 족히 두 배는 더 살아온 노강호였던 것이다.

"그렇습니다, 제갈손호 노선배님."

장호는 가볍게 포권을 해 보이면서 대답을 해주었다. 그러나 노선배라고만 불러서 살짝 비꼬았다.

일부러 그런 것이다.

"허허. 성깔있군. 하지만 내 세수가 벌써 여든이 넘는다는 것을 알아두거라."

"모를 리가 있겠습니까? 그저 소소한 여흥입니다. 그런데 무슨 일이십니까?"

"네놈이 화린이 그 아이를 치료할 수 있다고 호언장담을 하면서 내가 없는 사이 창고의 귀한 약재를 다수 쓸어갔다고 들었다. 정말이냐?"

사실이었다.

물론 귀하다고는 해도 백년삼보다는 못하다. 그래도 그런 약재 두세 개 정도면 백년삼을 살 정도는 된다.

즉, 수령으로 치면 오십 년 삼이라든가, 칠십 년 삼 같은 것을 가져다 쓴 것이다.

"그렇습니다."

"그걸 어디다 어떻게 쓰려고 가져간 게냐?"

"제가 먹었습니다만."

"뭐라?"

제갈손호의 표정이 와락 구겨졌다.

장호가 소모한 물건들은 금자로만 따져도 오백 냥은 족히 될 법한 물건이었다.

그런데 그걸 지가 다 먹어버려?

"네, 네놈이 감히 대제갈세가의 앞에서 사기를 치려는 것

이냐!'

분노를 토하면서 기세를 끌어 올리는 제갈손호의 모습에 장호는 의외의 사실을 하나 알게 되었다.

이 사람.

화경의 절대고수다!

"진정하시지요. 제가 먹었습니다만, 전부 치료를 위해서입니다."

절대고수가 무형지기를 피워 올려 압박을 함에도 장호는 멀쩡히 대답을 해주었다.

사실 그럴 만도 하다.

선천의선강기가 삼 갑자에 가까워지면서 그 육신은 가히 인간을 초월해 있었기 때문이었다.

이 육체의 강인함은 절대고수의 무형지기로는 손해를 입힐 수 없을 정도였고, 몸 안에 도사린 선천의선강기의 힘 또한 강렬하여 아무리 절대고수라고는 해도 무형지기 정도는 효과가 없었다.

그런 장호의 태도에 제갈손호는 눈썹을 꿈틀하고는 기세를 줄여 나갔다.

"눈 하나 깜짝하지 않는군?"

"이래봬도 일문의 주인입니다, 어르신."

"흐. 숨겨놓은 재간이 있다는 말이더냐?"

"그렇습니다. 그리고 현재 저만이 제갈화린이라는 소녀를 구할 수 있다는 것을 잊지 마시지요. 만약 제가 다쳤으면 어쩌시려고 그러시는 겁니까?"

강호의 말에 제갈손호는 찔끔한 표정이 되었다.

화가 나서 앞뒤 안 가리고 무형지기를 피워 올렸지만, 만약 장호가 내상이라도 입었다가는 제갈화린의 치료에 문제가 생겼을 것은 불을 보듯이 뻔한 일이 아닌가?

"큼. 미, 미안하네."

"되었습니다. 걱정되어서 그러셨던 거라는 것은 잘 압니다."

그리고 의각주로서 자존심이 상했다는 것도 짐작은 한다.

화경에 이른 절대고수이고, 의각의 각주이기도 한 그가 못 고치는 병을 장호가 고친다 나섰으니 그럴 것이다.

"그래서, 그 귀한 약재들을 몽땅 먹어놓고 어떻게 치료를 할 셈인가?"

"기공치료지요."

"기공치료? 그건 말도 안… 가만. 자네, 의선문의 진전을 이었다고 했던가?"

그렇게 말하고는 홀로 뭐라고 중얼거리더니 깜짝 놀란 표정이 되었다.

"선천의선강기! 그 신공절학의 맥이 끊어지지 않았단 말인가?"

그리고는 장호를 다시 본다.

그 모습에 장호야말로 의문이 들었다.

신공절학이라?

사실 선천의선강기가 대단한 내가심법이기는 하다만 신공절학이라는 소리를 들을 정도는 아니었다.

장호도 스승인 진서가 내공을 전수해 주고, 거기에 더해서 미래의 지식을 알기에 회호의 내단을 취하지 않았다면 이렇게 거대한 내공을 가질 수는 없었을 것이다.

내공보조제를 사용한다고 해도 이제 겨우 반 갑자 정도를 얻었을 터.

물론 반 갑자의 선천의선강기라고 해도 어마어마한 것이긴 하지만, 지금에 비하면 조족지혈의 수준이다.

"선배님께서 제 얼굴에 금칠을 해주시는군요."

"아니, 아닐세. 의선문 하고도 이제야 그것을 떠올렸으니 내가 노망이 든 게지."

"본 문에 대해서 아십니까?"

"으음, 알 만큼은 아네. 의선문의 내가심법인 선천의선강기는 기실 강호인으로 치면 신공절학이라고 하기에는 손색이 있네만, 의가에서는 그 어떤 것과도 비교를 불허하는 신공절학이라고 부를 수 있기 때문이지."

장호로서는 처음 알게 된 사실이었다.

"자네 혹시 원접심공이라고 아나?"

원접심공에 대한 이야기가 나올 줄이야?

"알고 있습니다."

"그게 본래는 의선문의 선천의선강기를 따라하기 위해서 과거에 한 의가에서 만든 내가심공이네, 선천의선강기에 비해서 한참 뒤떨어지는 무공이지. 그런데 이것도 의가에서는 상당히 보물이라고 할 만하다는 것을 아나? 기공치료에 상당한 효능을 보이거든. 본 가의 의각에 속한 의원 중에도 이 원접심공을 익힌 이가 몇 명 있네."

그것은 또 새로운 사실이었기에 장호는 놀라지 않을 수가 없었다.

"그렇군. 선천의선강기를 사용하면 화린이를 치료할 수도 있겠어… 그렇다면 자네가 그 약재들을 먹은 것은 내공을 증진하기 위함인가?"

"그렇습니다. 마침 좋은 영약을 구했거든요."

"흐음. 오행신단을 하나 주겠네."

오행신단!

장호는 그 말에 깜짝 놀랐다.

오행신단은 제갈세가의 비전 영약으로 제갈세가의 오행금천진법을 빌려서 만드는 것으로 알려져 있는데, 내상치료보다는 내공 증진에 더 좋은 효과를 가지고 있다고 했다.

한 알에 반 갑자의 내공이 늘어나는 절세적인 영약!

그것을 내어놓겠다고 말하는 것에 깜짝 놀란 것이다.

"그러실 필요는 없습니다, 의각주님. 이미 치료하기 위한 공력은 확보했으니까요."

"아니, 혹시 모르네. 자네가 만약 실패한다면 화린이 그 아이는 절명하고 말 거야. 유비무환이라고 하지 않던가? 기공 치료를 위해서는 공력이 많아야 하는 것이 당연하지."

그 말에 장호는 아무런 말을 하지 못했다.

"준비해 두겠네. 다시 연공실로 가 있게나."

장호는 얌전히 그의 말에 따르기로 했다.

*　　　*　　　*

삼 갑자 하고도 반 갑자.

삼 갑자 하고도 반 갑자 라고도 표현할 수 있는 공력이 장호의 단전에 머물게 되었다.

제갈손호의 강권에 힘입어 오행신단을 먹어 이렇게 강대한 내공을 가지게 된 것이다.

이제 내공의 양만이라면 장호를 압도할 수 있는 이는 이 강호에 그리 많지 않다고 할 수 있을 정도다.

그 누가 있어 삼 갑자가 넘는 내공을 쉽게 가질 수 있겠는가?

그런데 장호는 이제 겨우 스무 살의 나이에 삼갑자 넘는 내공을 얻게 되었다. 그것도 다른 내공심법에 비해서 내공을 모으기가 상당히 어려운 선천의선강기의 내가진기를 얻게 된 것이다.

가히 세상을 다 얻은 것 같은 기분이었다.

그의 육신은 다시 한 번 더 도약을 한 상태였다.

지금의 상태라면 과거 그 검은 가죽 장화의 사내라고 할지라도 붙어볼 만하다는 생각이 들 정도다.

또한 금강철신공의 경지도 스스로 올라갔으며, 감각도 역시 성취가 있었다.

금강철신공은 무려 십이성 대성의 경지에 올라섰고, 감각도 역시 십이성 대성이라고 할 만했다.

초인적인 감각과 초월적인 육신을 동시에 가지게 된 것이다.

장호는 이미 절대고수와 비견해도 뒤지지 않을 그런 상태가 되었다.

때문에 제갈화린을 치료하는 데에 문제가 생길 수가 없다.

"그럼 시작하겠습니다. 모두 나가주시지요."

"잘 부탁하네."

제갈손호의 말에 장호는 작게 고개를 끄덕였다.

제갈손호와 제갈소여가 나가고, 방 안에는 장호와 제갈화린만 남았다.

제갈화린을 바라보던 장호는 그녀의 옷을 하나 둘 벗겨냈다.

이제부터 해야 할 일은 보통의 치료가 아니다.

기공치료가 주이지만, 그와 함께 천인혈침대법이라고 부르는 고도의 침술도 병행해야 하기 때문이다.

천하에 이 천인혈침대법을 사용할 수 있는 명의의 수는 세 명도 안 된다. 장호도 전생에서는 배우기는 했으나 사용한 적이 한 번도 없었다.

그만큼 어렵고 힘들기 때문이다.

현생에서 스승인 진서에게 다시 한 번 더 배웠지만, 사실이 침술을 펼치기에는 실력이 모자랐었다.

그러나 지금은 다르다.

초월적인 육신을 가지게 된 지금은 그 누구보다도 더 정확하게 이 천인혈침대법을 펼칠 수 있기 때문이다.

팟!

장호의 손이 번개처럼 움직였다. 그리고 수십 개의 잔상이 일어나면서 제갈화린의 몸에 빼곡히 침이 박히기 시작했다.

아름다운 인형 같은 열 살의 모습을 한 소녀의 몸에 침이 빼곡히 박혔고, 그것은 너무 공포스러워 보였다.

그러나 장호는 즉시 다음 단계로 작업을 진행했다.

스스스스.

그의 손에서 선천의선강기가 흘러나왔다. 그것은 그대로 제갈화린의 코로 스며 들어가기 시작했다.

폐가 공기를 통해서 천지자연의 기운을 얻는 것이 무공의 기본.

장호는 직접 폐를 통해 선천의선강기의 진기를 흡수할 수 있도록 한 것이다.

동시에 장호의 반대쪽 손이 얼굴 부분에 꽂힌 침을 하나둘 뽑아내었다.

내가진기를 주입하면서 침을 뽑아내는 그 행동은 마치 기계 같았다.

스스스스스.

주입되는 진기의 양이 점점 많아지자, 소녀의 새하얀 얼굴에 붉은 혈기가 돈다.

생명력이 차오르기 시작한 것이다.

장호의 손이 더 빨라졌다.

상반신의 침이 모두 제거되었을 때에는 소녀의 상반신 전체가 붉게 달아올라 있었다.

팟.

그리고 전신의 침이 모두 제거되었을 때.

장호의 손은 제갈화린의 음부 바로 윗부분인 단전에 자리했다.

피부를 통해서 진기를 불어 넣는 것은 진기의 소모가 제법 크지만, 가장 효과적인 수단 중 하나다.

그를 통해서 장호의 진기가 단전의 양기와 만나 거센 불길이 되어 내달리기 시작한 것이다.

여기가 고비군.

동시에 전신의 다섯 대혈에서 음기가 강하게 일어나기 시작했고, 그것은 제갈화린의 몸을 차갑게 만들기 시작했다.

그러나 미리 코를 통해서 불어 넣었던 진기가 그러한 음기에 저항했다.

콰아.

음기가 머뭇거리는 사이에 단전에서 일어난 열양진기는 거센 파도가 되어서 내달렸다.

이미 천인혈침대법과 코를 통해 불어 넣은 선천의선강기 덕분에 혈관과 기맥이 단단하게 보강되었기에 열양진기가 몸을 도는 데에 아무런 문제가 없었다.

쿵!

동시에 열양진기는 임독이맥을 단번에 돌파하였다.

임독이맥이 뚫리게 되면 강호인으로서는 무공을 익히는

데에 큰 효험을 보게 되니, 이것은 제갈화린에게도 기연이라고 할 만했다.

그렇게 다섯 대혈을 향해 질주하는 열양진기.

그것은 곧 다섯 대혈에 도착하여 음기의 근원지에서 격한 싸움을 벌이기 시작했다.

파파팟!

장호는 세심하게 내가진기를 조절하고, 음기를 억눌렀다. 그리고 제갈화린의 몸에 진기를 들이부었다.

이미 유가밀문의 체법과 금강철신공을 익히면서 육신에 진기를 불어 넣어 육체 자체를 강화하고 단련하는 것에 정통한 장호의 세삼한 진기운용에 다섯 대혈의 음기가 녹아내리기 시작했다.

번쩍!

이윽고 오음절맥이 사라졌다.

그러고도 남은 진기는 그대로 제갈화린의 몸을 계속 내달리기 시작했다.

"음?"

그리고 여기서부터는 장호도 예상치 못한 일이 벌어졌다.

제갈화린의 피부 여기저기에 빛이 일더니 피부가 갈라지는 것이 아닌가?

환골탈태!

영약의 기운. 거기에 막대한 선천의선강기의 진기가 합쳐지고, 천인혈침대법의 영향으로 그녀의 몸이 급격히 변화하기 시작한 것이었다.

장호는 의학 지식을 통해서 그 사실을 즉시 알아차렸다.

"젠장."

정신을 똑바로 차려야 했다. 그가 여기서 실수하면 제갈화린이 목숨을 잃을 수도 있음이다.

장호는 다시 내공을 불어 넣었다.

그리고 얼마의 시간이 지났을까.

장호의 얼굴이 피로에 핼쑥해졌을 때였다.

드디어 변화가 멈추었고, 제갈화린은 생기를 잔뜩 머금은 채로 열여섯 살의 몸이 되어 있었다.

"허 참……."

단번에 육 년 치나 자라 버릴 줄이야. 환골탈태가 좋긴 하다만, 이럴 줄은 몰랐는걸.

장호는 속으로 그리 생각하면서 일단 옆에서 천을 하나 가져와 덮어주었다.

옷을 다시 입히기에는 힘들기 때문이다.

"하아, 힘들었다."

장호는 그렇게 말하고 장내를 벗어났다.

제갈세가에서 의뢰한 일은 완전히 해냈다.

그 생각에 장호는 절로 좋아진 기분을 안고 걸음을 옮겼다.

그러나 장호는 자신의 치료가 어떤 일을 일으킬지에 대해서는 조금도 알지 못했다.

밖으로 나가자 초조한 얼굴의 제갈손호와 제갈소여가 기다리고 있었다.

"성공했나?"

"예. 덤으로 환골탈태도 되었습니다. 으음, 대충 하루 정도면 정신을 차릴 것 같네요. 그리고 환골탈태 때문에 확 컸어요. 가보시면 아시겠지만, 몸이 열여섯 살 정도로 자랐습니다."

"뭐, 뭐라고?"

제갈손호는 놀라서는 즉시 움직였다.

"나, 나중에 보세!"

그리고는 제갈화린의 방으로 쏜살같이 달려간다.

장호는 그 모습을 보며 피식 웃었다.

"자, 의뢰 완료했다."

"고마워."

제갈소여에게 고개를 돌리고 한 말에, 그녀는 살풋 미소를 지으면서 답해준다.

"그러면 대가나 준비해 달라구. 개량된 유령보로."

"문제없어."

*　　　*　　　*

제갈화린의 치유.

그것뿐만이 아니다.

환골탈태에다가 임독이맥이 모두 뚫려 있어 무공을 익히는 데에 최상의 신체가 되어 있었다.

무공을 익히기 전에도 천재였던 제갈화린이다. 지금은 병을 모두 치유했으니 현원전단신공을 익힐수 있다.

천재였던 그녀가 현원전단신공을 익히면 대체 어떤 일이 벌어질 것인가?

세가의 사람 모두가 기대를 할 정도였다.

그러는 동안 장호는 극진한 대접을 받았다.

무공도 유령보를 개량하였다는 환영신보와 중면장을 둘다 받을 정도였다.

오행신단에 상승절학을 두 개나 얻었으니, 장호로서도 남는 장사라고 할 수 있어 크게 만족스러운 거래였다.

전인미답의 경지인 선천의선강기 삼 갑자의 영역을 넘었으니 그럴 만도 하다.

덕분에 절로 금강철신공의 경지가 십이성 대성의 경지에 도달하고, 감각도 역시 대성하고 말았다.

이제 강호에서 장호와 겨룰 수 있는 존재는 화경에 이른 절대고수를 제외하고는 없다고 보아야 할 정도다.

이렇게 강해질 줄이야.

장호로서도 예상 밖이었다.

선천의선강기의 공능이 이 정도일 줄 그 누가 알았겠는가?

"문주님의 능력에 이 임 모는 정말 감탄을 금할 길이 없군요."

"내 공이 아니고, 스승님의 공이지."

"아니, 아닙니다. 선사께서 길을 닦아놓으셨다 하지만, 이리 크게 꽃을 피운 것은 오롯이 문주님의 공이지요. 얼마나 많은 나라와 문파가 후진양성에 실패하여 몰락하였는지 말도 못할 지경이랍니다."

"그건 그렇지."

의선문의 일행은 지금 한자리에 모여서 식사를 하고 있는 중이었다.

요리는 호화롭고, 시중을 드는 하인도 철저한 교육을 받은 이들뿐이다.

"제갈세가에서 이런 대접도 다 받아보네요. 오래 살고 볼 일이라니까."

비검랑은 쾌활한 어조로 면 요리를 우걱우걱 먹으며 말을 한다.

그 모습이 칠칠맞아 보였지만, 누구도 타박하지는 않았다.

"문주님. 언제쯤 떠나실 건지 알 수 있겠습니까? 미리 전서구를 보내두려고 합니다."

식사 도중 혈랑도의 말에 장호는 고개를 끄덕여 주었다.

문주인 장호가 없더라도 잘 돌아가게 하기 위해서 의선문에 매번 전서구를 보냈기 때문이다.

"일단 정해진 것은 없지만 삼 일 후에는 출발할 거야."

"알겠습니다."

혈랑도는 그렇게 처리하겠다고 답하고는 다시금 식사를 시작한다.

그렇게 식사를 하는 도중에도 장호는 몇 가지 사항에 대해서 생각했다.

만족스러운 거래였지만, 사실 이득을 본 쪽은 제갈세가이다.

제갈화린의 두뇌는 천재적이라고 할 만한데, 장호 덕분에 환골탈태와 임독이맥이 뚫렸으니 이제는 악마적인 오성을 가졌다고 할 수 있었다.

거기에 현원전단신공을 익힌다면?

가히 추측하기 어려울 정도가 아닐까 싶을 정도다.

전생의 제갈화린도 이 정도는 아니었다.

그 당시의 그녀는 절맥을 고치기는 했지만, 환골탈태를 하지도 않았고 임독이맥을 뚫지도 못했었으니까.

이제 그녀는 얼마나 강해질까?

장호보다도 더 금방 강해질 수 있을 것은 분명하다.

현원전단신공을 극성으로 익히는 것도 가능하리라.

오행신단이 자소단과 태청단, 그리고 소환단에 비견되는 영약이라고는 하지만 제갈화린이 완성된 것에 비하면 한참 모자르리라.

그래서 중면장과 환영신보의 두 가지 상승절학의 비급을 내준 것일지도 몰랐다.

물론 장호도 이득은 보았다.

오행신단 덕분에 삼 갑자 하고도 반 갑자의 내공을 얻게 된 것이 아닌가?

순식간에 강호에서도 장호를 상대할 자가 화경을 제외하면 아무도 없게 만들었다.

지금이라면 같은 초절정의 고수라고 할지라도 홀로 네다섯 명은 너끈히 상대할 수 있을 정도.

그러니 장호도 이득이었다.

자, 이제는 제갈세가에서 어떻게 나올까?

제갈세가는 몹시 현명한 집단이다. 또한 야망도 강하다.

어쩌면 가주를 만나게 될지도 몰랐다.

의선문의 세력이 절로 높아지고 있다지만, 벌써 이백 년째 호남성을 지배하고 있는 가문인 제갈세가만큼은 아니다.

절대고수의 수만 해도 압도적으로 불리한 것이 바로 의선문 아니던가?

그런 제갈세가는 장호에게 무엇을 해주려고 할까?

그런 생각을 하면서 식사를 끝마치고 차를 마시던 때였다.

제갈손호가 나타났다.

第十二章

동팽이라……

동맹을 맺는 이유는 이득 때문이다.

간단한 이유

제갈손호.

척 보면 괴팍해 보이는 늙은이다.

그러나 그가 바로 제갈세가의 보이지 않는 힘 중 하나이며, 의각의 각주인 화경의 절대고수라는 사실은 잘 알려지지 않았다.

실제로 겉으로는 기세를 알 수가 없다.

장호도 선천의선강기의 한계를 돌파하여 초인적인 영역에 속해 있지만 아직 제갈손호의 숨겨진 힘을 알아차릴 정도는 아니었다.

선천의선강기는 분명 대단한 내가심공이지만, 기운을 감지하는 데에 특별히 더 뛰어난 능력이 있는 것은 아니기 때문이다.

여하튼 제갈손호를 보는 다른 이들은 제갈손호를 그리 강하다고 여기지 않았다.

그가 기운을 숨기고 있기 때문.

그러나 장호는 이미 그가 기세를 일으키는 것을 경험한 바가 있었다.

[무례를 범하지 말도록. 화경에 이른 분이야.]

장호는 미리 문도들에게 전음을 사용했다.

"식사는 다 끝났나?"

"예. 귀히 대해주셔서 감사드립니다."

"뭘 이런 걸 가지고. 세가의 은인에게 이 정도는 모자라지. 그나저나… 화린이가 영 안 일어나더군. 맥은 정상인데 말이야."

"몸과 정신의 불균형이 해결되면 깨어날 겁니다. 며칠은 걸리겠지요."

"그건 나도 알아. 며칠 걸릴 거냐고 물어보러 온 거야."

의각주도 의술로는 천하에 열 손가락 안에 들어가는 수준이다.

"글쎄요. 그것까지는 제가 진맥해 보지 않아서… 그래도 길지는 않을 겁니다. 길어도 열흘 정도일 테죠."

"그래? 흐음, 자네는 이런 종류의 치료에 경험이 많은가 보이?"

"그리 많지는 않습니다."

하지만 적지도 않다. 그런 느낌이 묻어나는 말이었고, 제갈손호는 그 말뜻을 바로 알아들었다.

"참. 급해서 내 말만 늘어놓았군. 이들에게 내 소개를 좀 해도 되겠지?"

"예."

"만나서 반갑네. 나는 이 제갈세가의 의각을 맡고 있는 제갈손호라는 늙은이일세."

"의각주이시지."

장호가 옆에서 거들었고, 장호 일행은 모두 포권을 하기 시작했다.

"의선문 선외단원 해수천이라고 합니다."

"의선문 선외단원 조수연이라고 해요."

"의선문 선외단원 궁귀 수형입니다."

"의선문 내총관 임진연이라고 불러주시면 감사하겠습니다."

네 명은 각자의 방법대로 자신을 소개하고 포권을 해 보인다.

그 모습에 제갈손호는 흡족한 표정을 지어 보였다.

"여기는 내 조카손녀인 제갈소여일세. 본 가에서는 수격단주를 맡고 있지."

수격단주!

그것은 확실히 큰 지위이다.

애초에 육각보다 오단이 더 상위의 단주이니 당연하다면 당연한 일이 아니겠는가?

그런 수격단의 단주라면, 이 제갈소여라는 절세가인의 무위는 보통을 넘는다고 보아야 했다.

아무리 혈족이라고 해도 능력 없는 이를 단주 자리에 앉힐 정도로 제갈세가가 만만한 곳은 아니기 때문이었다.

그 말에는 장호도 놀랐다.

제갈소여와 이런저런 이야기를 하고는 있었지만, 사실 제갈소여가 대체 무슨 직책을 가진 줄은 몰랐기 때문이었다.

그녀가 제갈세가 가주의 직계 장녀이고, 나름대로 권한이 있는 것은 알았다.

그런데 지금 보니 높은 간부였지 않은가?

그러고 보면 제갈소여는 장호보다 겨우 한 살 아래다. 그녀가 그런 어린 나이에 수격단의 단주가 되었다는 것은 그만큼 엄청난 재능을 가졌다는 의미이다.

장호가 알기로 제갈세가는 재능만능주의였다.

애초에 천재가문이라고 추켜세울 정도의 가문이다 보니, 천재가 아니라면 가문에서는 사람 취급도 안 한다 했다.

육각과 오단도 그런 재능성이 반영된 조직이니 말을 다 한 셈이 아니겠는가?

하기사, 스무 살의 나이에 일파의 문주로서 세력까지 빠르게 성장시키는 장호도 있다.

장호의 경우야 전생의 경험과 스승인 진서라는 기연 때문에 이렇게 빠르게 발전하고 있다지만, 천재는 아니었다.

진정 천재라면 장호보다도 더 빠르게 상승할 수 있으리라.

"만나서 반가워요. 수격단을 맡고 있는 제갈소여라고 해요."

제갈소여가 포권을 하고 서로가 서로를 소개하였다.

그리고는 모두가 자리에 앉으려는 찰나 제갈손호가 손을 저었다.

"미안하네만 자네들의 문주님을 좀 빌려가야겠네. 장 문주, 여기 수격단주와 함께 가주겠나? 본 가의 가주께서 한 번 만나고 싶어 하시네."

"지금이요?"

"지금이지."

"급작스럽긴 하지만, 안 만날 이유도 없죠. 그럼 가지요. 너희들은 여기서 대기해 줘."

"예, 문주님."

장호는 일행에게 간단한 지시를 내리고서 방 밖으로 향했다.

이제 방에는 제갈손호와 장호의 일행만 남았다.

밖으로 나온 장호는 제갈소여를 따라서 걸음을 옮겼다.

"무슨 일로 가주가 나를 부르는 거야? 뭐 아는 거 있어?"

장호는 편하게 제갈소여에게 말을 놓으며 물었다.

제갈가주가 자신을 군이 볼 이유가 있을까 싶어서다.

물론 자식을 치료한 은인에게 인사치레 정도는 할 수 있지만, 이렇게 따로 불러서 이야기를 할 정도는 아니라고 생각한 탓이다.

"다른 일은 없어. 인사 때문에 모시고 오라고 가주께서 말씀하셨어."

"감사 인사? 겨우 그 일로?"

"겨우가 아니야. 아버지는 화린이를 보시면서 매번 마음 아파 하셨거든."

"그래? 그렇다면야."

심중호리(心中狐狸).

그게 바로 제갈세가주의 별호다.

그 마음속에 여우를 키운다고 해서 붙은 별호이다. 그는 무림맹이 결성되던 당시에 총군사 자격을 가지기도 한 사내였다.

그리고 실제로 그는 대단히 뛰어난 두뇌의 소유자이기도 했다.

특히 귀계신산의 계책을 잘 내기로 유명하여, 실제로 황밀교의 난이 일어나던 때에 그가 낸 계책이 여러 가지 효과를 보이기도 했다.

그가 장호를 보고 싶다는 것이다.

순수한 의도라고만 생각할 수는 없는 상황.

상대는 무림맹의 총군사로서 황밀교에 대항하여 무림맹을 지켜낸 전적이 있는 자가 아니던가?

게다가 그의 계책은 비정하기는 해도 효과적이긴 했다.

예를 들자면 상승절학 세 가지를 전수해 주는 것을 조건으로 하여 낭인들을 끌어들인 뒤, 그들을 희생양으로 삼는 일이 있었다.

사천성의 거대 문파인 사천당가, 아미파, 청성파가 위기에 처했을 때였다.

상승절학을 전수한 백여 명의 낭인을 파견하였고, 그들의 희생을 기회로 하여 사천성을 습격한 황밀교와의 전투에서 승리했었다.

무림맹의 주축은 어디까지나 구파일방과 칠대세가. 그리고 가장 강한 전력을 가진 자들도 그들이었다.

단지 이권 때문인지, 아니면 실제로 전력을 아끼기 위해서인지 모르지만 백여 명의 낭인을 희생시켜 사천성의 세 문파를 살린 행위였다.

물론 장호는 그를 만나본 적이 없었다.

전생에서도 그의 계획하에 움직였으나, 실제로 본 적은 없었던 것.

"다 왔어."

"응? 아, 미안. 이래저래 생각할 게 있어서."

"긴장돼?"

제갈소여가 빤히 장호를 바라보았다. 그녀의 눈동자에는 약간의 걱정이 담겨져 있었다.

"긴장이 안 될 리가 있겠어? 거대 세가의 가주이시잖아? 그에 비해서 나는 소규모 문파의 문주고."

"거짓말."

"에? 왜 거짓말이라고 생각하는 건데?"

"소규모 문파가 아니잖아. 방도의 수가 천 명이 넘으면서."

"그래 봤자지. 절정고수도 별로 없구먼."

"흥. 여하튼 들어가 봐."

"그리지."

장호는 제법 웅대한 전각 안으로 걸음을 옮겼다.

크게 열린 문의 양옆에는 강인한 기도의 무사가 두 명 서 있었다.

일류의 수준에 이른 듯 보이는 이들.

그리고 그 안쪽으로도 몇몇의 기척이 느껴졌다.

장호의 선천의선강기가 비록 기운을 탐지하는 데 특화되지는 않았다 할지라도 장호 스스로가 이미 초절정에서도 최상급에 이른 이다.

그러니 저절로 알게 되는 것들이 있었고, 전각 안쪽에서 느껴지는 기척과 기운들도 그런 것 중 하나였다.

물론 그 안쪽에는 장호가 알아차리지 못한 이들도 있을 것이긴 하다.

특히 유령보를 개량한 환영신보를 익힌 이들이 있다면, 장호도 알아차리지 못하는 것은 당연.

장호는 안쪽으로 천천히 걸어 들어갔다.

시비가 공손히 문을 열어주었고, 그 안쪽으로 들어가자 한명의 중년인이 문을 열고 들어서는 장호를 직시하고 있는 것을 발견할 수 있었다.

그는 수염을 길게 기른 청수한 인상의 중년 학사 같았다.

장호는 그에게서 아무런 기운도 느끼지 못했다.

제갈세가의 가주인 제갈용문!

장호는 결국 이 거인을 만나게 된 것이다.

강호를 운영하는 절대자 중의 하나이며, 제갈세가의 최고 권력자가 바로 그이지 않던가?

　장호가 그의 기운을 느끼지 못하는 것으로 보아서 그도 화경에 이른 절대고수인 듯싶었다.

　한 문파에 한 명이라도 있으면 다행인 화경에 이른 절대고수가 벌써 두 명이나 있을 줄이야?

　제갈세가는 과연 칠대세가에서도 상석에 앉을 만한 저력을 가진 문파였다.

　"어서 오시오, 장 문주. 제갈세가를 이끌고 있는 제갈용문이라고 하외다. 그간 일이 있어 외유 중이라 귀한 손님이 오셨는데도 인사를 하지 못하여 미안하오."

　그가 일어서며 포권을 해 보인다.

　그의 음성은 부드럽고 중후했으며, 깊은 예의가 있었다.

　장호는 그의 말에 심신이 편안해진다는 느낌을 받았다.

　대단한 화법이로군.

　그렇게 생각하면서 장호 역시 마주 포권을 해 보인다.

　"뵙게 되어 영광입니다. 의선문을 맡고 있는 장호라고 합니다. 인연이 닿아 제갈 소저를 치료하기 위해서 왔을 뿐인데 이리 환대를 해주시다니 송구스럽습니다."

　"별말씀을 다하시오. 장 문주가 아니었던들 내 딸아이를 치료할 수 있는 이가 대명천하에 누가 있겠소이까? 자자, 앉으시구려."

"그럼 감사히 환대를 받겠습니다."

장호는 다시 한 번 읍을 하고 그가 가리킨 의자에 앉았다.

제갈용문과 장호, 이 두 명은 서로를 보며 앉았고, 그와 함께 조용히 시비가 나타나 차와 다과를 가져다주었다.

"그래, 먼 길을 오셨다고 들었소. 딸아이의 상세는 숙부께 들었는데, 다시 한 번 자세히 설명을 해주실 수 있겠소?"

"물론이지요. 우선 제갈 소저가 과거 본 문에 와서 한 번 치료를 받았었던 것은 알고 계십니까?"

"알고 있소. 그때에도 몹시 큰 은혜를 입었었지."

"그 이후로 제 나름대로 치료법을 고민했고, 오늘에 와서는 결국 성공할 수 있었습니다. 물론 천년화리의 내단을 먼저 섭취하였기에 가능한 일이었긴 합니다만."

장호는 우선 그렇게 이야기를 하고는 차를 마셨다.

"가주님의 따님은 현재 몹시 건강합니다. 임독이맥을 뚫었고, 내단의 힘을 모두 흡수하여 환골탈태도 이루었습니다."

"부작용은 없겠소?"

"없다고 단언하지요."

"고맙소. 정말… 고맙소."

제갈용문의 말에는 진정성이 담겨져 있었다.

"의원으로서 해야 할 일을 했을 뿐입니다."

"아니오이다. 숙부께서도 거우 연명만 가능케 하셨던 일이오. 장 문주가 아니었던들 딸아이가 어찌 완치되었을 수 있겠소? 비록 본 가에서 대가를 치르었소만 그것과 별개로 보은을 하고 싶소."

"그렇게 생각하지 않으셔도 됩니다만……."

"아니오, 아니외다. 이 제갈 모의 보은을 거절치 마시구려."

제갈용문의 말에 장호는 딱 거절하기도 무엇하여 대답을 하지 못했고, 그사이에 제갈중문이 다시 말했다.

"본 가는 의선문이 도의에 어긋나지 않기만 한다면, 무조건적으로 보호할 것을 세상에 천명하겠소. 즉 본 가와 의선문의 동맹을 제안하는 바이오. 어떠시오?"

장호는 그 말의 의미를 알아들었다.

즉, 제갈세가에서 의선문을 보호하겠다는 의미이다.

제갈세가의 이름은 천하에 드높으니, 의선문을 건드리려는 세력은 거의 없어질 것이다.

왜냐하면 세상에 천명하면 제갈세가의 체면 때문에라도 의선문을 도와야 하기 때문이다.

이름뿐인 그런 동맹이 아닌 무조건적인 보호를 내건 동맹이다.

물론 제갈세가에서도 이익을 볼 수 있다.

의선문의 의술은 절맥중을 고칠 정도.

제갈세가주인 제갈용문이 말했듯이 절맥중을 치료할 수 있는 의원은 거의 없다. 황궁어의도 장담하기 어려운 일이 아니던가?

그런 의선문의 조력을 받는다면 제갈세가는 더 튼튼해질 것이다.

이것은 제갈세가에도 이익인 동맹이기도 했다.

장호로서도 나쁘지 않았다.

아니, 좋다고 보아야 했다. 비록 산서성의 제일세력으로 거듭났다고는 하지만 본래의 문파 간 세력 구도가 깨어진 상태.

좌우 양측에서 다른 세가와 문파들이 이권을 얻기 위해서 움직이려고 하는 지금에 와서는 이런 동맹도 큰 힘이 된다.

제갈세가라고 하면 그들도 더러운 수를 쓴다거나 대놓고 힘으로 난리를 부리는 짓은 하지 않을 테니까.

게다가 명분도 이쪽 제갈세가에 있다.

딸아이를 치료해 준 의선문주를 보호한다는 명분 말이다.

과연 제갈세가, 그런 것까지 생각한 건가?

"너무 큰 은혜라서 감당키 어렵습니다."

"아니오. 이 정도는 해야 본 가가 입은 은혜를 갚을 수 있을 것이오."

"그렇다면 가주님의 뜻을 받아들이겠습니다."

장호는 그렇게 의견을 교환하였다.

이로써 제갈세가와 의선문은 동맹의 관계임을 천명하게 되었다.

*　　　*　　　*

"과연. 제갈세가의 가주라는 자리는 녹록한 자리가 아니군요."

혈서생 임진연의 붉고 요사스러운 입술이 달싹이면서 달콤한 목소리가 흘러나왔다.

남자임에도 음사마공의 부작용으로 여성스러운 목소리와 외모를 지니게 된 그이지만, 그 지모는 무척이나 뛰어난 듯 장호가 한 이야기의 핵심을 바로 짚어냈다.

"그게 무슨 말이에요?"

비검랑은 이해가 안 가는 듯 고개를 갸웃거린다.

그런 의문스러워하는 태도는 궁귀와 혈검랑도 마찬가지로 가지고 있었다.

"이것은 호의이지만, 단순한 호의가 아니라는 의미랍니다."

"단순한 호의가 아니다?"

"예. 제갈세가가 칠대세가 중에서도 수위를 다투는 가문이라는 것은 아시지요?"

"알아요."

"그런 제갈세가가 본 문을 무조건적으로 보호한다. 일견 제갈세가에게 이익은 없어 보이는 말이지만, 사실은 그렇지 않거든요. 세상에 무조건적인 공짜는 없는 법이니까요."

그렇게 말한 임진연은 뽀얀 피부의 손을 내밀어 찻잔을 잡아 든다.

그리고는 우아하게 차를 한 모금 마시며 입술을 적시고는 다시 이야기를 계속했다.

"대외적으로 본 문이 제갈세가의 보호를 받는다는 것은 강호에 저희 의선문과 제갈세가가 몹시 친밀한 관계임을 천명하는 것이니까요. 그 결과 저희는 제갈세가의 세력과 연합한 것으로 보이거나, 혹은 제갈세가의 휘하 세력으로 보일 수 있습니다. 즉, 제갈세가의 세력권이 넓어져 보이게 만드는 것이죠. 그뿐이 아니에요. 그들이 저희를 무력적으로 보호해 주는 만큼, 저희도 그들에게 무언가를 해주어야 하죠. 아마도 그들이 원하는 것은 의선문의 재력과 의술일 겁니다."

"복, 복잡하네요."

"정치라는 것이 본시 그런 것이니까요."

임진연의 말이 끝나고 장호가 문도들을 바라보았다.

"임 총관의 말이 맞아. 그들이 우리에게 바라는 건 그런 거겠지. 대신 우리는 안전을 확보할 수 있고 말이야. 서로가 이익을 볼 수 있다고 할까? 여하튼 일이 재미있게 돌아가게 되긴 했어."

장호의 말에 모두가 고개를 주억거리고 있을 무렵이다.

밖에서 헐레벌떡 하고 달려오는 소리가 들려왔다.

"장호!"

문을 벌컥 열고 들어온 이는 바로 절세가인으로 화한 제갈소여였다. 그녀가 문을 열고 들어선 것이다.

"왜 그렇게 급하게 달려와? 뭔 일 있어?"

"화, 화린이가 깨어났어!"

"슬슬 일어날 때가 되었긴 하지. 근데 왜 이리 급하게 와?"

"그, 그게. 너를 찾아, 화린이가."

그게 그리 급할 일인가?

장호는 고개를 갸웃하면서도 알았다고 대답하고 자리에서 일어섰다.

"뭐가 그리 급한지. 일단 가보자."

그렇게 장호는 제갈소여와 함께 제갈화린의 방으로 향했다.

"왜, 문제라도 있어?"

"아니, 일단 화린이는 건강한네……."

"근데 왜?"

"그게 상태가 좀 이상해서."

"상태가? 뭐가?"

"그게, 자신을 치료한 사람이 의무쌍수 장호냐고 묻더니, 조금 잘 테니까 그가 오면 깨워달라고 하고는 잠들어 버렸어."

흠칫!

장호의 몸이 흠칫 떨렸다.

"제갈 소저가… 그렇게 말했다고?"

의무쌍수.

이 현생에서는 생길 리가 없는 별호.

그런데…….

제갈화린이 그 말을 했다고?

장호의 걸음이 빨라졌다.

第十三章

너 설마…….

세상은 언제나 생각대로 흘러가지 않는다.

세상사

진한 약 향이 가득한 제갈화린의 방.

사실 방이라기보다는 병실이라고 보아야 할 그곳에 장호는 제갈소여와 제갈손호를 대동한 채로 들어섰다.

문밖에도 제갈세가의 무인이 호위를 서고 있는, 엄중하게 방비되고 있는 이곳에서 장호는 제갈화린을 내려다보았다.

일단 혈색은 좋았다.

그리고 장호가 기운을 흩뿌려서 상태를 보았음에도 이상은 발견되지 않았다. 수면을 취하고 있다는 것 정도?

"잠시 나가주시겠습니까?"

"왜 그러는가?"

"일단 수면 중이긴 합니다만… 혹 모르니 비전의 방법으로 진맥을 해보려고 합니다."

"흠, 알겠네."

비전의 방법이라는데 토를 달 수는 없는 법이다. 제갈손호는 약간은 궁금한 표정을 지어 보이다가 머뭇거리며 밖으로 나갔다.

곧 방 안은 완전한 밀실이 되었고, 장호는 천천히 손을 뻗었다.

진기를 직접 제갈화린의 몸 안으로 넣어서 뭐가 잘못되어 있는지 알아볼 심산이었다.

그 순간이었다.

제갈화린의 두 눈이 아주 조용히 떠졌다.

…….

잠시간의 침묵이 장호와 제갈화린의 사이에 내려앉았다.

장호로서도 적지 않게 당황했기 때문에 침묵은 조금 길었다.

그리고 이윽고 장호가 입을 열었다.

"제갈 소저, 정신이 드셨소? 나는 그대를 치료한 의원인 장호라고 하오."

장호는 정중하게 예의를 차린 말을 건네었다. 그것이 보통 해야 할 일이니까.

그런데 제갈화린의 태도가 조금 이상했다.

눈을 몇 번 깜빡거리더니, 이제는 장호의 얼굴을 뚫어져라 바라보면서 말을 하지 않았기 때문이다.

이제 열여섯 살의 막 피어나기 시작한 꽃봉오리 같은 제갈화린은 제갈소여와는 다른 매력을 가지고 있었는데, 그 눈동자는 무엇이든 빨아들일 것처럼 깊어 보였다.

제갈화린이 분명 이지적인 여성이긴 했으나, 이런 눈빛을 가졌다고 생각한 적은 없었는데?

장호가 그렇게 생각할 때였다.

이윽고 제갈화린의 조그마한 입술이 달싹이면서 말문이 열렸다.

"오랜만이네요, 장 대협. 그간 잘 지내셨나요?"

그리고 그 입에서 나온 말은 장호의 예상을 뛰어넘은 것이었다.

장내에는 다시금 침묵이 내렸다. 그것은 당혹에 찬 것이었으나, 이내 몸을 일으키는 제갈화린의 모습에 의해서 깨어졌다.

"당황하실 필요는 없다고 생각해요. 사마밀환은 본가의 것. 그리고⋯ 그것을 사용한 것이 바로 저였다는 것을 알고 계셨잖아요?"

그랬군.

나 혼자만 과거로 돌아왔을 것이라고는 생각하지 않았지

만…….

역시 그대도 과거로 되돌아온 것인가?

"기억을… 가지고 있는 거요?"

장호는 당혹감을 억누르고 말했다.

과거의 기억을 가지고 있는가?

"예, 장 대협 덕분에 며칠 전 기억해 냈죠."

"나 때문에?"

그건 무슨 소리지? 설마…….

"내가 치료한 순간 전생을 기억해 냈다는 거요?"

장호의 말에 그녀는 장호를 보면서 빙그레 미소 짓는다. 그 연륜이 묻어나는 미소는 결코 열네 살의 소녀가 지을 수 없는 것이었다.

"맞아요. 지금의 저는 열네 살의 제갈화린이 아닌, 스물아홉 살의 제갈화린인 거죠. 이렇게 될 거라고는 생각지 못했지만… 어쨌든 살아남긴 했으니 하늘에게 감사해야 할지도 모르겠네요."

"그게 무슨 소리요?"

"사마밀환."

제갈화린의 어린 목소리가 기물에 대해서 논하고 있었다.

"그건… 금의마선이 남긴 것이라 알려져 있지만, 사실은 아니에요."

"아니다? 하면?"

"진환마제. 원이 무너지고, 명이 건국되던 당시에 태조를 도왔던 자가 남긴 기물이었죠. 그것에는 상상도 할 수 없는 술법과 사법이 담겨져 있었다는 걸 아시나요?"

"처음 듣는 이야기요."

"그럴 거예요. 아는 이가 많지 않으니까……. 어쨌든 그 물건의 용도는 본 가에서도 잘 모르는 것이에요. 본 가에 전해져 내려오는 물건임에도, 본 가에서는 그 물건의 진정한 용도와 힘을 몰랐거든요."

"그리고 그 힘을 발견한 것이 그대이다 이 말이요?"

"맞아요. 바로 그렇죠. 그리고……."

"그 최후의 순간에 탈출을 위해서 사마밀환을 사용한 것이로군. 하면 이 모든 일은 그대가……."

"아뇨, 탈출을 위해서 사마밀환을 사용한 것은 맞아요. 다만 이런 일이 벌어질 것이라고는 상상도 못했죠."

그러더니 그녀는 옆으로 고개를 돌린다. 그리고 열려져 있는 창문으로 보이는 달을 보았다.

환한 달빛.

그것을 보면서 그녀는 환하게 미소를 짓는다.

"오 년이에요."

오 년?

"오 년 전. 저는 저 자신의 기억을 자각하긴 했어요. 그건… 마치 어둠과 안개 속을 계속해서 헤매는 느낌이었죠. 현생의 아직 어린 '저' 는 그런 '나' 와 가끔 접했어요."

현생의 '나' 와 전생의 '나' 가 만났다고?

장호는 오싹해졌다.

그것은 세상의 그 무언가를 뛰어넘은 본능적인 오싹함이었다.

"알겠어요, 장 대협? 지금의 그대는 전생의 장 대협이겠죠. 그럼 현생의 장 대협은, 장호라는 이름의 어린 꼬마아이의 넋은 어디로 갔을까요?"

장호는 솜털이 곤두선다는 것이 대체 어떤 기분인지 알 수 있었다.

나는 장호다.

그것은 변하지 않아.

그런데, 내가 또 다른 나를 없애 버렸다고?

"그런 거예요. 우리가 여기에 있는 것은 그런 거죠. 그리고… 저 역시 장 대협 덕분에 이렇게 완전하게 지금의 시간에 부활할 수 있게 된 거랍니다. 이건… 감사드릴 수밖에 없겠네요."

서글퍼 보이는 미소를 한 어린 미소녀는 장호를 바라보며 고개를 숙여 보인다.

그런 그녀의 모습에 장호는 무겁고 심각한 마음만을 가질 뿐이었다.

그리고 장호는 잠시 고개를 흔들었다.

두 눈을 감고, 심호흡을 했다.

그리고 두 눈을 떴을 때.

장호는 단호하게 말했다.

"그대의 말은 잘 알겠소. 내가 나를 죽이고, 이 자리에 서 있다는 말이로군. 확실히 비극적인 일이긴 하오. 하지만 그래서 하고자 하는 말이 무엇이오?"

장호의 단호한 말에는 칼날 같은 예리함이 있었고, 그 말에 도리어 제갈화린은 놀람을 감추지 못하고 그 두 눈동자가 격하게 흔들렸다.

"당신은… 괜찮은가요?"

"충격적인 이야기이기는 하지. 하지만 그래서?"

"그래서?"

"그렇소. 그래서 어쩌라는 거요? 그렇다면 그날 그 함정에서 그렇게 죽었어야 한다고 말하고 싶은 거요?"

"나를 죽이는 거예요! 다 자라 버린 추악한 내가! 아무것도 모르는 순수한 나를 죽여야 했다구요! 그건… 그건……."

몸을 떨고, 두 눈동자 역시 흔들린다. 고통에 찌든 표정으로 그녀는 절규하고 있었다.

그러나 장호는 그런 그녀를 얼음처럼 차갑고, 강철처럼 단단한 표정으로 바라보았다.

"괴로웠겠군."

화악!

그녀가 고개를 들었다. 그리고는 증오마저 깃든 눈동자로 장호를 노려보았다.

그러나 장호는 그런 그녀의 눈을 피하지 않았다.

"괴로웠을 거요. 하지만… 그래서 어떻게 하고 싶다는 거요?"

장호는 그런 그녀에게 도리어 물었고, 그녀는 대답을 하지 않았다.

"나는 의원이오. 그리고 많은 이를 살렸지. 하지만 반대로 많은 이에게 죽음을 선언해 주기도 했소. 그때마다 내가 무슨 생각을 했을 것 같소?"

장호는 어린 천재를 보면서 단호하게 말해주었다.

"죽을 자는 죽으며, 살 수 있는 자는 살게 되오. 그것은 그대도 마찬가지."

"하, 하지만……."

"하지만이라고 말한다면 답은 하나밖에 남지 않소. 그대가 죽는 거지."

그 말과 함께 그녀의 몸은 마치 시간이 정지된 듯 멈추어 버렸다.

"그렇지 않소?"

장호의 질문은 아주 간단하게 그녀의 심장을 찔렀다.

죽이지 않으면 죽는다.

그렇지 않소?

그 말에 그녀는 침묵했다.

그런 그녀의 모습을 물끄러미 바라보던 장호는 다시 입을 열었다.

"그대는 확실히 천재이지. 그리고 뛰어난 사람이요. 하지만, 역시 어리군."

"그렇군요… 전, 어린 건가요?"

"그렇소. 어리지. 세상이 어떤지 전혀 몰라. 그대 스스로 돈을 벌어본 적도 없을 것이고, 배가 고파서 도둑질을 해보지도 않았을 것 아니오?"

"그러네요. 전… 그런 적이 한 번도 없었으니까요."

"이왕 새롭게 얻은 삶이니, 조금 더 긍정적으로 생각해 보시구려. 그대의 연인도 지금은 살아 있을 것 아니오?"

장호는 그리 말하고는 자리에서 일어섰다.

"치료가 잘못된 것인 줄 알고 놀랐소. 하지만 이제 괜찮은 듯하니 가보겠소. 참, 가기 전에 한 가지 궁금한 게 있는데 물어도 되겠소?"

장호의 말에 그녀는 넋을 놓은 듯한 표정으로 고개를 든다.

그런 그녀에게 장호는 물었다.

"우리 외에 다른 이들도 과거로 돌아왔을 것 같소?"

"그건 모르는 일이에요."

"알겠소. 그럼, 건강을 되찾은 것을 축하하오."

장호는 그 말을 끝으로 등을 돌리고 방문을 향했다.

그런가.

나를 내가 죽여야 이렇게 되는 건가.

나는 그걸 못 느꼈는데…….

그녀는 느낀 건가.

하지만 그렇다 해도 어쩔 수 없는 일이지.

장호는 그렇게 생각하면서 문을 열고 나갔다.

앞으로 제갈세가는 크게 비상하게 될 것이다.

그녀는 전생의 경험을 가지고 있으니, 앞으로 십오 년 남은 기간 동안 황밀교를 막을 준비를 할 것이 분명하다.

그 결과.

강호의 미래는 크게 바뀌겠지.

자, 그러면… 나도 더 큰 준비를 해볼까?

『의원귀환』 6권에 계속…

이제부터 전자책은

이젠북

www.ezenbook.co.kr

❧ 새로운 세계가 열린다! ❧

한백림 『천잠비룡포』   천중화 『그레이트 원』
좌백 『천마군림』   송진용 『몽검마도』
현대백수 『간웅』   김석진 『더블』
김정률 『아나크레온』   백연 『생사결—영정호우』
임준후 『켈베로스』   예가음 『신병이기』
진산 『화분, 용의 나라』   남운 『개방학사』

이름만 들어도 황홀할 정도의 별들의 향연!

이들의 "유료연재"가 시작됩니다!

검색창에 **이젠북** 을 쳐보세요! ▼ 🔍

Sanctum
생텀

이영균 판타지 장편 소설

FUSION FANTASTIC STORY

취재 현장에서 맞닥뜨린 녹색 괴물.
그리고 무혁은 한 번 죽었다.

**죽음에서 깨어난 무혁에게 다가온 것은
숨겨졌던 이세계, 생텀의 존재였다!**

현대에 스며든 악신 투르칸의 잔인한 손길.
생텀에서 온 성녀 후보 로미와 도멜 남작을 도우며
무혁의 삶은 점차 비일상에 접어드는데……

**이계와의 통로는 과연 우연인 것인가?
생텀(Sanctum)의
진정한 의미를 찾아라!**

Book Publishing CHUNGEORAM

유행이 아닌 자유추구
WWW.chungeoram.com

FANATICISM HUNTER

광신사냥꾼

류승현 판타지 장편 소설

FANTASY FRONTIER SPIRIT

「블레이드 마스터」의 류승현 작가가 펼쳐내는
판타지의 새로운 신화!

마도대전을 승리로 이끈 유리언 대륙의 영웅,
최강의 아크 메이지 제온!

그러나 '세상의 섭리' 에 아내와 아이를 빼앗기는데……

『광신사냥꾼』

만약 그것이 정말로 세상의 섭리라면,
그마저도 무너뜨리고 말리라!

복수를 위한 제온의 위대한 여정이 시작된다!

Book Publishing CHUNGEORAM

유행이 아닌 자유추구 -
WWW.chungeoram.com

천예무황

원생 新무협 판타지 소설

FANTASTIC ORIENTAL HEROES

진짜배기 무협의 향기가 온다!

『천예무황』

산중에서 평화로이 살던 의원 설운.
평범하게만 보이는 그에게는 씻을 수 없는
과거가 있었으니…….

칠 년의 세월을 지나
피할 수 없는 과거의 업(業)이 다시 찾아온다.

'잊지 마오.
세상 모든 사람이 다 그대를 잊은 그때에도
나는 그대를 기억하고 있음을.'

정(正)과 마(魔)의 갈림길.
무림을 덮은 혈풍 속에서 선(善)의 길을 걷다!

Book Publishing CHUNGEORAM

말년병장 이등병되다!

에바트리체 장편 소설

FUSION FANTASTIC STORY

대한민국 남자라면 알고 있을 바로 그 이야기!

『말년병장, 이등병 되다!』

전역을 코앞에 둔 말년병장, 이도훈.
꼬장의 신이라 불리던 그가 갑자기 훈련병이 되었다?!

"…이런 X같은 곳이 다 있나!"

**전우애 넘치는 군인들의
좌충우돌 리얼 군대 이야기!**

Book Publishing CHUNGEORAM

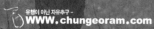

유행이 아닌 자유추구 -
WWW.chungeoram.com

LORD

FANTASY FRONTIER SPIRIT

RAY SHADE

영주 레이샤드

한승현 판타지 장편소설

저주받은 영지 아베론의 영주 레이샤드.
열다섯 번째 생일날,
정체불명의 열쇠가 그의 운명을 바꾸었다!

『영주 레이샤드』

시험의 궁을 여는 자, 원하는 것을 얻으리니!
시련을 극복하고 새로운 땅의 주인이 되어라!

레이샤드의 일대기가 시작된다!

Book Publishing CHUNGEORAM

유행이 아닌 자유추구 -
WWW. chungeoram.com

FANATICISM HUNTER

광신사냥꾼

류승현 판타지 장편 소설

FANTASY FRONTIER SPIRIT

『블레이드 마스터』의 류승현 작가가 펼쳐내는,
판타지의 새로운 신화!

마도대전을 승리로 이끈 유리언 대륙의 영웅,
최강의 아크 메이지 제온!

그러나 '세상의 섭리'에 아내와 아이를 빼앗기는데……

『광신사냥꾼』

만약 그것이 정말로 세상의 섭리라면,
그마저도 무너뜨리고 말리라!

복수를 위한 제온의 위대한 여정이 시작된다!

Book Publishing CHUNGEORAM

유행이 아닌 자유추구 -
WWW.chungeoram.com